六十からの青春

松本勝明

文芸社

六十からの青春◈目　次◈

カレー・ジャズ・珈琲

本町の現場へ、職人を三人連れて行ったときの話だ。昼時、なにか旨いものはないかと、せいぜい目を凝らして、鼻を利かせてブラブラ歩いた。あった！　オープンしたばかりのカレー・ショップだ。什器《じゅうき》備品、それに店員さんもすべて新鮮だ。カレーの香りが気持ちよく全身を刺激する。オーナーらしいのが、カウンターの奥に所在なげに、照れた風情で座っている。客席から調理場は見通しだ。慣れてない動きでみんな初《うぶ》だ。時間がかかる。

「お待たせして、すいません」

「いや、イイヨ」

やっときた。オーナーは心から恐縮している。四十がらみのなかなか洒落た格好は、メンズ・ショップのマスターといったほうがお似合いだ。スパイスと甘い香りが食欲をかきたてる。期待を込めてスプーンを口にする。甘酸っぱいフルーツの豊潤さ、何種類ものスパイスの混然とした一体感は、ルーの旨みを実にまろやかにしている。これは絶品だ。それにBGMのスローなジャズが好《い》い。デザートにシャーベットがでてきた。

「旨かった……ジャズにカレー。いいなあー……。欲をいえば珈琲があれば、これで文句なし」

旨いものを食った後のボクは目茶苦茶、機嫌がよい。反対に予想外の不味《まず》さに出くわしたときは、一週間も気分が優れない。

十日ほどして、またその本町の現場へ出かけた。昼飯が待ち遠しい。薄汚れた作業服のおっさんが、これまたおなじ姿の三人を伴って、今風の明るいセンスの店へ入るのは、いかにも気が引ける。奥の隅っこに座る。気配りして早めにやってきたので、客はまだパラパラだ。

マスターが目ざとくボクたちを見つけて、向こうから会釈をよこす。彼は、ボクの目線を誘う。なんとそこには珈琲サイホンがポコポコとお湯をたぎらせている。彼は満足気な笑みを浮かべている。ボクはもう嬉しくて仕方がない。リズミカルなジャズが、心を余計に弾ませる。

店員さんの動きも、マスターの気配りも、すべて心地よくスムースだ。カレーのこくもいっそう深まったようだ。

「旨かった！……」

ため息まじりにカレーは終わった。と、まことにタイミングよく、銀盆をささげたマスターがやってきた。珈琲の世界が目の前に立ち上がる。いい香りだ。心が安らぐ。苦みと酸味がほどよく溶け合った趣味のいい珈琲だ。マスターの心根が忍ばれる。

聞けばマスターは婦人服の問屋もやっているそうだ。凋落《ちょうらく》気味の繊維業界からの逃げ道だという。ボクも繊維を見放した口だ。

「今日の珈琲はサービスです」

マスターはそう言って珈琲の代金はとらなかった。

カレーに、珈琲に、ジャズ。なにか三題ばなしめいた話だが、いやこれは、よき時代の落語の世界だ。
人間って嬉しいなあ。人間って楽しいなあ。
人間には温もりが、そして夢がある。

平成十一年十二月九日

あの人に会いたい

高校二年のときだ。大丸百貨店からアルバイト募集の案内が学校へきた。もちろんボクも応募した。小柄だということで、ボクはその選にもれた。昭和二十五年の夏のことだった。いまと違ってアルバイトの口は、そうそうあるものではない。いかにも口惜しい。映画も観たい、本も買いたい。さりとて月謝以上の負担は親にかけられない。またそんな余裕もない。自分で稼ぐしか道はない。外にないから否応なしに行商に決めた。どこにそんな知恵があったのか今となっては思い出せないが。

西成の鶴見橋で洗濯石鹸を仕入れた。ちり紙は松屋町で買った。石鹸も、ちり紙も当時はまだまだ貴重品の時代だった。

ものを商うなんて初めての経験だ。石鹸は仕入れ価格に三割ほど上乗せして売価にした。ちり紙は二十センチ四方ぐらいの大きさだ。それを三十センチ程度に積み重ねて結わえてある。その重ねたあいだあいだに藁でもって区切りをしてある。それをひとつの単位にして、リボン紙で括って、小売の商品にした。こうしてちり紙の売値は、仕入れの倍になった。

朴歯をいれた高下駄を履いて(靴を買えるほどに豊かでなかった)、継ぎの当たったズボンに、くたびれた白シャツ姿。ありふれた当時の高校生のスタイルだ。

用意は整った。ところで何処へ行ったものか。そのころボクは、地下鉄の動物園前から、南へ飛田本通り(途中、飛田遊郭がある)を突っ切った所、松田町に住んでいた。

両手に大きな風呂敷包みを持って、当てもなく歩き出した。石鹼も、ちり紙も持ちこたえする。なにしろ第一歩が踏み出せない、行商だから家を訪ねなければ商売にならない。そのうち両手の商品はどんどん重みを増してくる。意を決して、目の前の、門構えの立派な邸宅に入った。

「ごめんください」何度も連呼してやっと家の人が出てきた。それが同世代の女性である。とたんにボクの顔はみるみる真っ赤、もうしどろもどろ。「お母さん、変な人きてる……」。ボクは後も見ずにその家を飛び出した。

真夏の炎天下に無帽だ。頭がクラクラしてきた。汗はさながら滝だ。シャツはもうグッショリと濡れている。汗が目にも染みてくる。腰に下げていたはずの手拭は、落としたのか見当たらない。とにかく水と日陰にありつきたい。路地裏には、共同の水場があるはずだ。砂漠にオアシスを求める旅人のような心境だった。

あった！　もう恥も外聞もなかった。水道を囲むようにして、四、五人のおばちゃんが、水仕事しながらの井戸端会議の最中だった。

「すいません」ボクはその中へ割っていって、頭を蛇口に。水を勢いよく出した。一分間もそうしていたか？　ふっと大きく息をついて、そこを離れた。

「これを、お使い……」。ボクの目の前に手拭が差し出された。

やっと人心地がつくと、ぐるりは好奇の眼差し。いまのボクの立場を説明すると、たちまち石鹸、ちり紙が売れ出した。ボクに手拭を出してくれたおばちゃんなんか、長屋中に声をかけに回ってくれた。重い荷はみるまに軽くなった。

「この子は馬鹿だよ、この夏空に……」そう言って、虫食いのようにほうぼう穴のあいた麦藁帽子を持たせてくれた。

平成十一年十二月十日

リズムが狂う

「松本さん、下の毛、剃りますからねぇ……」

看護婦がそう言って、ベットの回りをカーテンで目隠しをした。豊満な体をした美人である。覚悟はしていたものの気恥ずかしい。シャボンをたっぷりつけて、安全カミソリを当てる。臍《へそ》のした最下腹部、場所としては一番に平坦な仕事のしやすい部位になる。ジョリジョリと、思った以上しっかりした音を立てる。彼女の目線で眺めて、視野にはいる「毛」だけと思ったら、「ふぐり」の裏まで剃る。ここは難所だ。指先で皮膚を引っ張ったり、寄せたりこう、いろいろやるわけだ。油断して気を抜くと、恥ずかしい場面になる……。うまい！手慣れたもんだ。

いまや風俗の世界は、あの手この手の百花繚乱《りょうらん》、なんでもありだ。いまここでやってるこの手はどうだ。新機軸ではある。そんな不謹慎なことを考えてもピクリともしない。さすが百戦錬磨のわが息子殿だ。

その美人の名前は中村さん！　初体験（？）の女性は忘れられない。

十日たって無事退院した。ボクのヘルニア（脱腸）は、再発の可能性があるから、風邪を引くな、便秘をするなとうるさく言う。下腹に圧をかけると「キケン」なんである。

現場仕事はとりあえず駄目になった。ダンベル運動も駄目。合気道も受け身が取れないから不可。振動のあるオートバイもよくない。幸いギターは大丈夫、当たり前だがワープロは使える。日参している書店には、運動がてら自転車でぼつぼつ出掛ける。

人間って本来、怠惰な動物だ。ボクも例外じゃあない。悪いことに歳とともに、億劫《おっくう》さ加減はどんどんと倍加される(怖いねぇ)。こんな恐ろしいことは他にはない。「継続は力なり」と呪文のように唱えてきたのに、さあ大変！
正直いってうろたえた。

ありがたいことに、ずうーっと老人ホームへギターを抱えて、月に一度は訪問している。とくに「ファヴォーレ」なんか、ウイーク・デイと指定があるから、参加希望者が数少ない。ボクはいまフリーだからいつでも行ける。

お年寄りに、より楽しく過ごしてもらうのに何が一番か、暇だからあれこれ考える。ギターの演奏だけでは平面的だ。一九六〇年から六九年までの十年間のベストファイブ、「上を向いて歩こう」、「お座敷小唄」、「潮来笠」、「柔」、「小指の思い出」、この五曲を木下さんに演奏してもらった。年代的にここらあたりまでの歌はよくご存じだ。トークを交えて時代の背景を喋ると、場面が立体化されて受けたようだ。

高校一年の夏、ボクは行商をした。それを文章にした。「あの人に会いたい」を橋本さんに朗読していただいた。当時流行《はや》った、「リンゴの歌」、「星の流れに」、「憧れのハワイ航路」、「銀座カンカン娘」をみんなで合唱した。終わるや体の不自由なご婦人が、顔一杯涙して嗚咽した。嬉し泣きしたようだ。

世俗を離れて隔離されたような、彼らのリズムはいまどんな具合なのか？

手術から半年、恐る恐るオートバイにまたがってみた。まだ早い。合気道も試した。こわごわだ。日にちの経過をみても、もとのリズムへの復帰はあり得ない。仕方がない。別のリズムを創りだそう（この年齢《とし》になって、脱腸を患うとは！）。

平成十二年十二月二十二日

変身願望または変心願望

「松本さん、髭剃ってきた……」

「あっ？」

神戸さんのあとの言葉は、すぐに読めた。昨夜からそんな気がしていたのである。そのためではないが、風呂に入って、心身ともにすっきりしてきた。

「声をかけたら、化粧室へねェ」

人間には変身願望がある。もちろんボクにもある。いつだったか、そんな話を彼女にしたことがあった。

「じゃあ松本さんはなんに？」

「ボクは男だから、女になりたい……」

ただその話に加えて、ボクは不器用だから、前もって聞かせてもらう。そして役作りする。歩き方、女らしいしなづくり、できればトイレもしゃがんでする。せっかく女になるならそうしたい。ボク流のオーバーな言い方をしていたわけだ。どうもそれが現実になったようだ。いまさらジタバタしても仕方がない。とは言っても、胸はじっわーと踊り始めた。ギタークラブの忘年会、いま最高潮だ。

「楽しみ！」

川島さんがニッコリする。彼女も岡崎さんもぐるだ。焼酎のお湯割りをぐっとやる。あふれる教養と知性を抑え込まないと、できる技ではない。女らしい仕草ってなんだろう。急には思い浮かばない。カラオケ「リッチ」のフロアーを内股加減に歩いてみる。小首をかしげて、ちょっとうつむき、頬に手を添える、可愛く目を閉じたり、大きく見開いたりする。それらをイメージしてみる。答えは間違いなく「おかま」だ。……後日、写真を見て実感した。それも年齢相応の超大年増だ……。

口紅を描く。アイ・シャドウのブルーが、きわどい性の境界線みたいに思えてくる。そう言えば、ブルーボーイの目の周辺のメイクに性の倒錯を感じる。

夢にまで見た（？）初体験は終わった。

変身中はその気になって、結構楽しくやっている。お楽しみはそこまで。写真は蛇足。あえて言えば厳禁。難しく言えば、肖像権にまで波及する。

アフター・ファイブを迎えて、心身の切り替えがさっといく人、職業によってはまず不可能と言える人、性格によってもその差は出てくる。ストレス社会を生き抜くための必須条件として、このことの上手い下手は、当人の人生にも関《かか》わってくる。酒を食らって、酔いに逃避するか。風俗に、いっときの快楽を求めるか。それでも駄目な人は、変身（変心）する。男が女に、女が男に、そんなクラブがあるそうだ。不器用な、あるいはストレスの高い人は、そうするしかない。そんな気の毒な人たちがいるらしい。

役者って稼業はいいなあ。自分以外の他者を経験するわけだ。例えばボクがスリの役をもらったとする。ボクは地下鉄か環状線に毎日のように乗る。

金をたんまり懐中《かいちゅう》にした獲物を物色する。目つきがだんだん鋭く、様子がそれらしくなってくる。間違って刑事の尾行をうける。不器用な役者は、そんなふうに役作りをするそうだ。

幸いボクたちはギターで陶酔できる。絢爛《けんらん》とした宮廷に身をおく音楽師だ。演歌は灼熱の恋を味わせてくれる。音楽はボクたちの気分を、どのようにも変心させてくれる。まさに音楽療法だ。

平成十二年十二月二十七日

犬との友情

「なんや、おっさんか？」

上目使いにボクを見て、彼はそう言いたげに、のそっと土に汚れた体を起こす。太いしっぽが揺れる、体一杯、親愛の情があふれている。

国道沿いの小さな寿司屋にやってきて、まだ一年。シベリアン・ハスキーの成長は早い。前足をボクにかけて、その巨体を押しつけてくると、ボクはぐらっとくる。犬と人は瞬時に知り合えることがある。ハァーハァーしている彼の息は臭い。もちろん酒ではない、生臭い魚の匂いだ。なにしろ寿司屋の若旦那である。

人間の情として彼の名前を知りたい。寿司を肴に一杯呑んで聞けばよい。しかし酒は不得手だ。木札に墨痕鮮やかなメニューは大半、時価とある。回転百円寿司と訳が違う。入り辛い。まあそのうちわかるとして、とりあえず仮の名前をつけた。寿司屋のぼんぼんだからボンにした。実はそのボンに借りがある。彼を主人公にした「寿司屋の若旦那」というコントを書いて、原稿料を稼いだことがある。そのお礼がまだすんでない。

犬は大好きである。二度飼って、二度とも寿命を全うさせ得なかった。死別は悲しい。すっかり臆病になって、その埋め合わせを他人の飼い犬に頼っている。

もう一匹、ボクといい仲の友人がいる。彼の住まいは、中古車店。その敷地は両サイドと裏は建物で詰まっていて、道路側が表になっている。店がクローズの間、彼はそこの店番役をおおせつかっている。全身、黒の敏捷そうな体軀、精悍な顔つき、番犬の役回りには打ってつけのドーベルマンである。軍事目的で改良されてきたドイツ原産の犬である。

朝九時、特に所用がなければ、ドーベル君の前を通って喫茶店へ行く。その度、ボクはなにかしら挨拶をしていく。最初、彼は怪しい奴とばかり歯を剝き出して遠吠えする。その面構え、恐ろしいねぇ……。

日に日に彼の態度は軟化してきた。ボクを認めると広い敷地を縦横に走る。よく見るとカットされた、ないも同然の尻尾(?)を振っている。それから何日後か、ある日、彼はボクのそばへやってきた。ネットの隙間からだしたボクの指先を、とうとうなめだした。ついにドーベル君、ボクを認めてくれた。せっかく許し合ったのに、彼との友情は束の間だった。店主の都合でその店はある日、消えてなくなった。

まだ見ぬ、老いた彼がいる。神戸さんの愛犬カンベ・カンタだ。お歳のようである。忙しい神戸さんにとって朝晩の散歩は大変だ。優しい彼女の心根は、老犬にはなによりだ。

岡崎さんの「なっちゃん」は捨て猫だった。幸せ一杯と見えて最近太ってきた。なっちゃんのお母さんはクリスマスを免罪符にして、ケーキをふだん以上に召し上がっている。そのうち親娘ともども、「幸せ太り」だ。「なっちゃん」と呼ぶと、どこからともなくやってきて、ごろんと横になって尻尾を振っている。可愛いもんだ。動物はすべて愛しい。

動物には無限の愛がある。特に人間と犬との共同生活は長い。だから犬は人に対して柔順だ。純な彼らは人に癒しを与えてくれる。希望も勇気も与えてくれる。お年寄りと犬の触れ合いは、肌の温もりを通して、心にまであったかい平安をもたらす。アニマルセラピーの効用は大きいらしい。訓練された犬が、ボランティアに連れられて、ホームを訪れる。そんな機会が増えてきたようだ。

ついでながら、「寿司屋のボン」の名前は、実に古典的な「ポチ」だった。

平成十二年十二月二十八日

もう待ったなし

村上龍の『希望の国のエクソダス』という近刊がある。「この国には何でもそろっている、ないのは希望だけである」と言っている。いま発売中の週刊ポストにボクの好きな政治家、小沢一郎が「変革を嫌う日本人へ」と題する一文を寄せている。ボクも、たまに友人と政治について論争することがある。話の途中で必ずこうなる。

「おまえ、ええ歳してもうええやんか、やいやい言ってもどうにもならんわ」

これですべてチョンである。みんなぬるま湯につかっている。誰一人として、心細くなった火種に薪をくべようとしない。まあまあ言いながら肌を寄せ合っている。そのうち風邪を引いて、肺炎に罹《かか》って死に絶える。

ここ二、三年、五木寛之の『人生の目的』がよく売れている。四十歳からの、五十歳からの過ごし方、定年からどう生きるか。この手の本が毎回ベストセラーズにランクされる。人生経験豊かなはずの熟年者が、この種の本を読んで、人生の処遇を手探りする。なんとお寒いことか。

愛国心の希薄な国民、子供の躾《しつけ》が行きとどかない国、選挙の投票率が最低の国、どれをとっても世界最悪のお国柄。なんとも恥ずかしい限りだ。

少年犯罪の凶悪化は当然の結末だと思う。将来に希望がない、夢がもてない。親に確固たる人生観がない。「親の背中を見て子は育つ」と昔はそう言った。今だって同じはずだ。子供に分不相応な学歴を強要するくらいなら、自分自身に投資をして賢くなれ、ここ何年来そう言い続けてきた。

ボクがオートバイに乗り始めた十七、八年前、免許証を取らない、バイクを買わない、バイクに乗らない、この「三ない運動」が展開された。無知な親たちと、事なかれ主義の教師たちの「臭い物に蓋をする」の短絡的発想と管理しやすい体制作り。子供たちのためとする、そのおためごかしに、ボクは烈火のごとき怒りを覚えた。オートバイ好きの先生は何人もいるはずだ。

なぜその先生たちに指導を委ねないのか。

こんなに素晴らしい乗り物はない。馬を御《ぎょ》すように、現代の馬、アイアン・ホースを自在に操ってみろ、気分は最高だ。真夏のギラギラする太陽に、汗が噴き出し、滝になる。こんなとき峠の谷からの涼風は、生きていることを実感させてくれる。極寒の二月は手足が凍える。前を走る車の排気ガスが足元にきて心地よい。自然を、日本の四季を感じ取れるこんな素敵な奴、オートバイ。まだいいことがある。転倒すれば大ケガをする。大きなリスクを背負ってライダーになるわけだ。政治家をはじめ、われわれの税金をたらふく食らい込んだ金融機関など、だれもリスクを負わない時代に、責任は全て自分もちだ。これは凄いことだ。子供たちにとって、こんな格好の教材はまたとない。

「国民のレベルを上回る政治家は出ない」だれが言ったか至言《しげん》だ。政治家が悪いと世間でよく言う。その政治家を選択したのはだれか。国民全体のレベルが上がったとき、この国はよくなる。少年たちも向上する。

ボクには、外人の友人がいる。大事にしたい。日本が沈没したときの疎開先だ。しかしそうならないことを祈りたい。

平成十二年十二月二十九日

一途な人たち

「ライブに招待したいのですが……」

年若い友人、井上君がそんな電話をかけてきたのは、十年前の夏だった。桃山学院大学の学生だった彼は、卒業するまでボクの仕事を手伝ってくれた。その後、三年かけて、念願の先生になった彼は、赴任地京都で独身生活を楽しんでいる。山口県出身、生家は酒屋を営み、彼はその長男である。趣味の広い男で、ボクは彼を紹介するとき、

「宝塚からプロレスまでこなす」

とそんなふうに言う。社会科学の教授になるのが彼の夢だから、ボクと話は通じる。

「シャンソンのライブです……」

「えっ……」

全く予期しないシャンソンにボクは絶句した。高英男、越路吹雪、イブ・モンタン。名前は知っている。その程度のことだ。興味もない。

ライブ、まさに生《なま》である。目の前で、直前に、まり遥が歌う。いいねぇ、もう最高だ。しかもまりさん、神戸のシャンソン・コンクールで最高歌唱賞に輝いた女性だ。

「何処か、歌える場所ありませんか？」

ライブが終わって、まりさん、初対面のボクに懇願するばかりの熱心さ。

「『たんぽぽ』がいい。早速マスターに話します」

平成二年十一月十日、喫茶「たんぽぽ」で「まり遥 LIVE」が行われた。その準備が大変だった。なかでもPAを整えるのに走り回った。もっと早く気づけばいいのに、最後の最後になって、パンジョの「渡辺楽器」に救いを求めた。上田店長は親切に小型のミキサーを貸してくれた。音色、音質、エコーを調整するエフェクターは、ボクが買ってマスターに寄付した。あとは彼自慢のオーディオに接続すればオーケーだ。スポットライトはリースで借りてきた。

「たんぽぽ」のマスター鵜飼さんとの話は、ボクには全て未知の世界だ。興味津々である。彼はもともと実直な銀行員である。バブルの最盛期「あくどい銀行の在り方」に憤慨して辞めた一人だ。ライブの良さは、歩いて、自転車で来られて、しかも安い料金で音楽が楽しめること。これに尽きる。さらにこれを機会に、いろんなジャンルのイベントを開催したい。夢は大きく膨らんでくる。

三時半、まりさんを金剛駅へ迎えに行く。三十五、六歳のまりさん、相変わらず地味な格好だ。この人が化粧してステージに上がると、キラキラ輝いてたちまち華になる。

ボクの役どころは、プロデューサー兼マネージャーみたいなもんだ。客が満足してくれて、その上収益が上がって、ギャラを払って、「たんぽぽ」もいくらか潤う、そんな胸算用が常にある。

開演は七時である。六時半、女性二人づれがやってきた。その姿は実に神々しい。手を合わせたいぐらいだ。「お客さんは神様です」三波春夫がそう言った。胃が痛くなるほどよくわかる。

一部は、「パリの空の下セーヌは流れる」等のシャンソン八曲。二部はミュージカルナンバーの「サウンド・オブ・ミュージック」などの五曲である。ライブのよさは、ステージと客席が一つになれることである。「のせる」「のる」この繰り返しが、白熱してくるともう最高に楽しい。暑い季節なんか、室温が上がってエアコンの調整に忙しい。音響がおかしくなるのである。

客の動員数、三十二名。好評のうちにライブは終わった。

ギャラはまり遥さんに一万五千円、ピアニストの村上薫さんは二万円。マネージャーの面目は保てた。

ちなみに明石に住む、まりさんが京都の名門シャンソニエ「P」へ出演して、貰うギャラがン千円と聞いた。お金の多寡よりも好きなシャンソンを一途に歌いたい。そんな彼女の心情に、ボクはほれ込んだ。

井上君は、大阪のシャンソン界の大御所、出口美保や日本を代表する石井好子よりも、まりさんのほうがうまいと言い切る。シャンソンにのめり込むほどに、ボクもそれを実感した。しかし残念なことに、いくら歌唱力があっても「飯の食えない世界」なんだ。

第二弾は、青地能里子さんと決まった。言わば二枚目半、コミカルな味、歌の合間の彼女のトークが面白い。いま彼女は音楽セラピストとして、全国の病院を巡っている。この道では日本の先駆者だと思う。たまに電話で話をするが、ますます意気軒昂《けんこう》。そして反骨の人でもある。シャンソンを教え、健康教室を開いて、生計を立てている。音楽セラピーは完全に持ち出しだ。金にならないことに精出す。こんな人、大好きだ。

最後は、玉田さかえさん。どこか音程が狂っている、そんな感じの歌唱、そしてハスキーな歌声。ボクはそんな彼女の歌によりひかれる。さかえさんのシャンソンには、彼女の人生が滲み出ている。まりさんも、青地さんも音大卒だ。しかし彼女は独学のはずだ。歌うための苦労を重ねてきた。恋の喜びも恋の哀しさも味わった。そんな気がしてならない。いちどそんな話を聞いてみたかった。

美輪明宏が「メケメケ」を歌って一躍、世に出た。銀座にあったあの有名な「銀巴里」のオーディションに、さかえさんは受かっている。彼女の絶品「夜明けの煙草」を是非とも聞いてみたい。

三人とも、四十後半になる。皆さんまだ未婚のはずだ。結婚よりも「自身の生きがい」を選択した。

井上君は、勤務する中学校に柔道部を創設して、たちまち柔道の強い学校に仕立て上げた。熱血教師である。もう三十代後半のはずだが、まだ独身。ボクのライダー仲間も三十歳過ぎてみんな一人もんだ。この国では、それこそみんなと一緒、寸分違わずに階段を上らないと、社会の評価が格段に落ちる。「個」を押し進めると、すべてに生き辛くなる。悲しいお国柄だ。

平成十三年一月三日

郷愁の街「ミナミ」

重たいドアを手元へぐっと引いて、暗幕をくぐると、強烈なラテンのビートが飛び込んできた。肌がピンクのスポットライトを浴びて、暗がりの舞台に、色白な肌の女体が鮮烈に浮かび上がっている。胸が早鐘を打つ。同級生の島谷を見る。目を見張り、口を開いたまま、体が強ばっているみたいだ。なにしろ目一杯に女の裸身を見るのは初めてだ。ボクの男性が大きく躍動してくる。五十数年も前の話だ。ボクなんか男女共学でもなく、それに奥手で初《うぶ》ときている。当時、パンパンを描いた、田村泰次郎の『肉体の門』という小説が売れていた。たしか映画化されて、京マチ子が主演したと記憶している。ボクはその肉体の門口にたどり着いたわけだ。

その日、学校の帰り道、心ブラをして戎《えびす》橋を南へ渡って、道頓堀を東へ浪花座、中座、角座、そして道頓堀劇場、ここで足が釘付けになった。女体が乱舞する大看板……。阿吽《あうん》の呼吸で島谷と顔を見合わせる。そして相合橋の橋の上でしばし談合。話は早い。衣替えの季節だから上はカッターシャツ、下は黒のズボン、足元は朴歯《ほおば》の高下駄、肩から斜にカバンを下げている。まず学帽をカバンにしまい込み、そのカバンをくるくる丸め込んで小わきに抱え込む。これで高校生が、街のアンちゃん（成年）になったつもりだ。入場券は難なく手にした。あと、もぎり嬢の関門だ。「ニヤッ」としたようだが、なんとかパスした。

強烈なパンチの連打を受けた一時間半だった。目が充血、顔を紅潮させて劇場を後にした。

映画はよく観た。三番館あたりなら三本で五十五円である。日によってハシゴをして、六本観ることがあった。本も乱読した。映画もこの例にならって言えば乱観（?）したわけだ。まだまだ不自由な時代。それでもコッペパン一つを昼飯にして、すきっ腹を抱え銀幕に見入ったものだ。

高校を出て、就職したのが本町。仕事を終えるとミナミが恋しい。夜の雑踏を徘徊したものだ。夜の盛り場、ネオン、人込み、賑わい、いろんな香り、匂い。人恋しさ、夜がもつ雑多な魅力に吸い寄せられて、何かを嗅ぎ回る猟犬みたい。それが青春というものだったのか。

当時、キャバレー、アルサロが持て囃《はや》されて、大いに繁盛していた。企業もまあまあ景気がよくって、ボクたち若輩社員もたまにはおこぼれを頂戴して、「色香漂う」そんな結構な世界を覗かせてもらったものだ。青春真っ盛り、遊びは癖になる。自前で行くようになる。キャバレーは高い、だから安いアルサロの方へ足が向く。アルサロは、大阪人持ち前の商売上手が作ったシステムだ。またアルサロというネーミングが面白い。キャバレーのホステスは、プロであるのにたいして、こちらはアルバイトの女の子。昼間どこかの事務員で、夜も家計を支えるために働く、まだまだそんな時代だった。だから安上がり、それに加えて素人だから新鮮。これが売り物だった。アルバイト・サロン。これを省略してアルサロと命名した。まさにネーミングの妙だ。

二十四歳になってミナミの街で恋をした。そのころ「ケ・セラ・セラ」というのが流行っていた。ドリス・デイが歌ってアメリカで流行、日本へきて江利チエミがそれをまたヒットさせた。

「ケ・セラ・セラなるようになる、後のことなどわからない……」

そんな刹那的な歌詞だった。ボクたちの恋もそんなふうだった。春に芽生えて、夏に燃え、秋風とともに消えた。そんな切ないものだった。

二十歳のころ、ロカビリー旋風が吹き荒れていた。金語楼の息子・山下敬二郎、ハーフのミッキー・カーチス、平尾昌晃たちが難波にあった「ナンバ一番」に出たおり、よく見に行ったものだ。そんなミッキーを先日テレビで見た。彼は談志の弟子になって、落語を裏芸にしている。なかなか味のある芸風だとボクは感じた。彼はもう六十代半ば、お互い歳を食ったものだ。平尾は作曲家としてヒット曲を飛ばしている。山下も健在のようだ。

「大丸」、「そごう」から御堂筋を隔てて西側へ、アメリカ西部開拓民よろしく、新しい商圏を目指した若い連中が店作りを始めて、もうたしか三十数年になる。いまさらに勢力を伸ばして、長堀通りを跨《また》いで北へ進出している。好奇の目で「アメリカ村」の変遷を見てきたが、いまはもう、ボクを拒む雰囲気になってきた。「アメリカ村」に流れてくる年代がぐっと若くなったのである。たまに歩くと、「オッサンなんや、場違いやで！」そんな罵声《ばせい》が飛んでくるようで、どうも行き辛くなった。それだけ当方、歳がいったわけだ。

二つ並んで建つ「大丸」と「そごう」は、浪速のシンボルでもあった。なにかにつけて比較対照されてきた。そんな「そごう」があえなく退場した。歴史というものか。

「アメリカ村」を南へたどると、嫌でも「泡の秘技を誇る」、男性に「桃源郷を味わわせてくれる」ソープランド街にぶつかった。それも今はない。無粋な当局が壊滅作戦に出て、潰してしまった。これで日本の文化（？）の一つが消えた。

ニキビ面の少年が結婚するまで「ミナミ」にどっぷり浸かっていた。いまその機会はめったにない。たまに行くと、ボクの青春の喜怒哀楽が、激しく胸に去来する。
ついでながら、女房との出会いも「ミナミ」だった。

平成十三年一月十七日

介護ロボット

「うち、何時に出た？」

「一時前です」

「いま何時？」

「二時過ぎよ」

「何処へいくん？」

「兵庫の塩田温泉でしょう」

「うち、何時に出たん？」

「一時前よ」

「いま何時？」

「二時過ぎよ」

「何処へいくん？」

「兵庫の塩田温泉よ」

ボクたち夫婦と兄夫婦、そしてこの一月二十日で九十四歳になった母、五人づれの旅である。ボクが運転、兄貴が助手席、後部座席は母を中に両側に、女房そして兄嫁。

前述の会話のパターンが、もう半時間ばかりも続いている。だんだんと答える側の声の調子が丁寧さを欠いて、険《けん》をおびてくる。母はそんなこと全然、意に介さない。なぜなら痴呆症だから。百パーセントのボケでないから、正常なときは、威厳のある家長として、堂々とボクたち兄弟の上に君臨する。何度か「老いては子に従え」と親を諭すが、「はい、はい、よくわかりました」と涼しい顔である。お相手は本当に疲れる。主に嫁二人が母親と応対してくれている。それでもどうかして返事の間がずれることがある。仕方がない。ピンチヒッターを買って出る。

「うちを出たのは一時ですよ、おばあちゃん」

「あっそう、ありがとう」

われわれ四人はなんたって、教育勅語《ちょくご》の世代である。間違っても問題を起こさない。しかし世代が替わればどうだろう。簡単に「キレる」人が増えつつある現在、慄然とするものがある。子の親に対する暴力ざたは増えるに違いない。事情は違ったが、老母を介護するために稼ぎに出られないために食べ物が底をついた。仕方なく母親の首を絞めた……そんな新聞の報道を何度か目にした。お寺の門前の掲示板に「十人の子は育てられる。しかし一人の親の面倒は見かねる」そんな文言を見たことがある。それならいっそ適材適所、ロボットのうまい配置を考えた方がいい。それに片方で、面白いことに人間ロボットが、どんどん増殖している。マニュアル化された人間たちのことだ。彼らは決められたことは、きっちりとやってのける。しかし応用力は皆無にひとしい。「オウム返し」のロボット同然だ。

技術のホンダがロボットの開発に余念がないという。ソニーの二代目アイボは、初代より飼い慣らしが難しいらしい。

アイボ(ERS210)のコピーを引用してみると、「アイボは人と触れ合いながら、学習し成長するエンターテインメントロボットです。撫でてあげると喜び、好きな色のボールを追いかけたりします。育て方によって、一体一体ちがう個性が育まれていきます。そして今度のアイボは、簡単な言葉や、名前の呼びかけに応えます。名前を呼んであげてください。アイボはいつのまにか家族の一員になっています」。こうなるともう「生の犬」(?)は飼えない。餌不要、運動不要、いやな糞の始末も必要ない。ただ皮肉なことに、どちらの犬も躾が肝要だということだ。ここのところが実に面白い。現に池田市の一人住まいのお年寄りは、パソコンを組み込んだハイテク機器に守られている。そんな恩恵をもう受けているらしい。厚生省あたりも二〇〇X年あたりに、介護ロボットの導入を計画中とか。

そんなの嫌だ！　じゃあどうする。お金を貯める。それも大金だ。端金は通用しない。お金を使えば、人造人間でなく、温もりのある人間の介護を受けることができる。お金のない向きは、健康と「ボケない」ことにつきる。

最近の研究によると、痴呆は糖尿病と同じように、生活習慣病だと言われるようになった。脳も筋肉と同じで、使わないと衰えるという。ただ仕事一点張りの人は左脳だけで、右脳はほったらかし。これは駄目。右、左のバランスが必要不可欠。大別して左は仕事、右は遊び、だから文字通り、よく働いてよく遊ぶ。趣味に生きる。右脳は感覚とか感性をつかさどる。そんなふうだ。友人を増やす。音楽、絵画、映画、何でもいい、感性を磨く。それらを習慣にしてしまう。定年を迎えて、ある日、突然のごとくそう試みる。そこまで人間うまくできてない。若いころからのリズムだ。

人間には温もりがある。ロボットは冷たい。そんな図式はこれからも続くだろうか、どうも疑問だ。最近テレビで見た朝岡病院はどうだろう。お年寄りが、寝返りひとつ打てないほどに、ベッドにくくりつけられている。功利にはしる人間の醜さ。病院を現代版「姥捨山」と考える家族もいるに違いない。「人間性の荒廃」をカバーするのはロボットである。そうならないことを祈りたい。文明よりも、ロボットよりも、「人間性の回復」こそ急務だが、果たして「間に合う」かどうか。

人間には心がある。あるとされてきた。いまもそうだろうか。少年たちはすぐに「キレて」短絡的に人を殺傷する。大人はどうだ。国会議員も、警察も、病院も不祥事が続発して信頼できかねる。邪悪な心は持ち合わせていても、正しい心は失われてきた。ロボットに心はあるか、ないとされてきた。

アイボの広告の概略を書くと、一、アイボの感情……「喜び、悲しみ、怒り、驚き、恐怖、嫌悪」この六つの感情をもっている。二、アイボの本能……「人と遊びたい、好きなものを探したい、体を動かしたい、おなかを一杯にしたい、眠りたい」、この五つの本能をもっている。三、アイボの学習……誉められたり、叱られたりの繰り返しで学習をする。四、アイボの成長……幼年期、少年期、青年期、成年期とあって、人とのコミュニケーション学習の習熟度によって成長の度合いに差がでると説明されている。これはむしろ人間よりも、感情も心もありそうな気がしてきた。

時代の先取りをして、だれよりも早くアイボを手にいれて、ロボットと、コミュニケーションのやり取りを学習したほうが賢い？

話がややこしくなってきたが、いま「老後を控えた人」が直ちに実行できることは、一に健康、二に「一人遊び」ができる体質、三に貯蓄、この三つを確保していきたい。要は自衛力を蓄えることである。

あなたは、ロボットの「ご厄介」にならないで人生を全うできるか？

平成十三年二月一日

「みんなと同じである」ということ

「上から下まで、みんな揃って白。右へ倣《なら》えでいっせいに白づくし……気持ちの悪い！」

「いいじゃあないの、白で統一して、いっそ気持ちがいい」

「どこがいい？　みんな白装束、それはおかしいよ、ボクから見たら、まったく不気味だ」

「そんなこと言う、おまえがおかしい、お前のほうが気持ち悪い」

話の発端はこうである。ちかごろボクの友人、知人の多くが四国八十八ヶ所霊場巡りを行っている。五十歳を過ぎて、還暦を迎えて、年相応にそのルート巡りをする人が意外に多いようだ。歳格好から見て、急に信仰心が芽生えたから、そうも思えない。なにしろ信心気の少ない国民である。結婚式の当日だけクリスチャンになる人の多いお国柄でもある。これもまた、時代のファッションであることは承知している。

八十八ヶ所をいかに効率よく回るか、いろいろ研究工夫されている。日帰りバスで何ヶ所、二泊三日で何ヶ所霊場巡りが可能か、いろんな親切なプランができている。

霊験あらたかなお寺参りして、みなさん一様に、お参りした物証（?）として、墨痕鮮やかなお寺の記名と、朱のお判をいただくのである。めでたく八十八寺、成就すれば表装して掛け軸になるのである。

定年を迎えて時間は十分にある。物見遊山のひとつである。

肝心の信仰心はどうだろう。

みなさん、お持ちのようでもない。信仰の有無を言う気はない。単なる観光旅行でいいのである。

みんな寸分違わず「白一色」が気に入らない。気持ちが悪いのである。

昔、十何年前かに東京へ行った。若者の街、原宿を見て驚いた。ボクと対向してやってくる若者の流れが、ものの見事に、白と黒の二色なのである。モノトーンの流行った時代だった。

いま、子供たちが一番に望んでいること、それはなにがなんでも「みんなと同じでありたい」だ。そう願っている。いじめられない秘訣のひとつであるようだ。

ボクの家族は女房と、社会福祉士の息子の三人暮らしである。

ボクが正論を披瀝《ひれき》する。これは前述のように少数意見に違いない。

「そんなごまめの歯ぎしりしてもしょーない。そんな、屁理屈言わんとき」と女房殿、まあ軽くいなされるのである。ボクの意見は尊重どころか、屁理屈に成り下がるのである。

息子に至ってはこうだ。

「理屈は厳禁、素直で可愛いお年寄り。これが一番!」

施設で可愛がられる秘訣、その一だそうである。

少数意見は異端児扱い、無視されるのである。
なにがなんでもみんなと一緒。これがこの国での人生の処し方。
下手をすればボクは家族にも見放される。
ああ……。

平成十三年二月十三日

「庶民派」グルメ

戦中、戦後にひもじい思いをしたせいか、「うまいものを食べたい」という欲望は人後に落ちない。世界の三大珍味のキャビア、フォアグラ、トリュフとか、ツバメの巣、鱶《ふか》のヒレ。そんな高価な、グルメたちが珍重するようなものではない。強いて言えば庶民派グルメである。今は半分引退の身だからそうでもないが、以前は現場の行き帰りに、「うまい店」を車中から絶えず物色していたものだ。

珈琲好きだから、「おいしい珈琲店」らしいのを見かけたら、わざわざ車をUターンさせて、無理やり「珈琲タイム」にしてしまう。これがたいがい的中するのである。勘が働くというか、なんとなく匂うというか、われながら立派なもんである。上質な珈琲豆であっても、その中に何粒か死に豆が入っている。それをひとつひとつ目で見て選別している、ごくまれにそんな店に出くわすことがある。ボクはたちまち小躍りしてしまう。そんな手塩にかけられた珈琲は絶品だ。「珈琲は黒い魔女」というCMがある。その通り。

珈琲茶碗の凄いのを使っている店がある。カップひとつ何万円もする。

「いやーっ、いいカップだ！」

思わずほめ言葉が口をついて出る。日本人は何かにつけて、ほめ言葉を有効適切に使えない民族である。当然マスターの顔がほころぶ。

「新しいブレンドです。ちょっと味みてください」

いいねぇ。いいムードになってきた。こうなると双方、時間を忘れて珈琲の蘊蓄《うんちく》を傾けるのである。

もう十年もご無沙汰で「いまだに忘れられない」珈琲の味がある。千日前は、法善寺の東側にある「丸福」である。大正ロマンの雰囲気は、年配の珈琲通にはなじみやすい。上質のフレッシュに角砂糖が二つ、どんよりした色の珈琲に添えて出てくる。ボクの珈琲の飲み方は、フレッシュなしの砂糖をスプーンに一杯弱と決めている。多くても少なくてもボクの好みに合わない。しかしここのは別格である。角砂糖もフレッシュも遠慮なく全部頂戴する。味は他店と全く異質、たちまち「魔女の虜」になるのである。そのうち訪ねてみたい。神戸には灘の宮水を使う「にしむら珈琲店」がある。所用で席を外すと、珈琲が冷めないように、カップに蓋をしてくれている。その心遣いが嬉しい。

喫茶店も珈琲店もある種、ファッションである。いまその最先端をいくのが、アメリカからやって来た「スターバックス」である。安らぎの場所を提供することを、第一の使命とするスターバックスは、すべからく落ち目の情けない男性群を尻目に、キラキラ輝く女たちで大賑わいだ。この店のもうひとつの大きな特徴は、珈琲嫌いな女性であっても、その口に合う珈琲をブレンドしてしまうという優しさ（？）にあるようだ。

三国丘からボクの家まで、約八キロ。北から順に「横綱」、「第一旭」、「神《かむ》座《くら》」、「寄ってこや」、「黒兵衛」と大型のラーメン店がそれこそ林立状態だ。

物見高いボクは、開店すれば直ちに駆けつける。箸を手にして、未知のラーメンを待つ至福のひととき、胸さえ躍る。

味の甲乙は、その日の体調に、左右されることもあるから難しい。強いて言えば文字通り横綱に軍配が上がるか？　いや、いつでも「食べやすい」神座のほうか？　そうだ神座に決定。理由は具に白菜という、ラーメンの常識にないものを使っていることだ。ラーメンとミスマッチとも言える白菜とのハーモニーが実にいい。それに五百円というのが不況の折からありがたい。

梅田の「揚子江」の味は忘れられない。春菊の香りと、澄んだ鶏ガラのスープが絶妙であっさりとおいしい。そしてアベノ地下街の「古潭」はいつも行列ができている。これもまた旨い。

「うまいラーメン」を訪ねて全国行脚なんて面白いだろうな。

もう何年も前の話、北野田にあった「阿国《おくに》」という手打ちうどん店の大将と仲良くなって、あろうことか、都合で閉店するというそのうどん屋を、元貿易商社勤めの兄貴に押しつける結果になった。当時「杵屋」といううどん店が持て囃されていて、そこの社長が「うどん学」?を本にしていた。もちろん参考のため拝読した。それから近辺の旨い店をほうぼう食べ歩いた。「阿国」の大将の実技指導も受けた。世話した責任上ボクもおつき合いをしたわけだ。

本格的手打ちうどんは、大変な重労働だ。手でこねる、足で踏んでさらにこねる。手を抜くと手打ちうどんの腰と、風味が出ない。それに四季によって、塩の量を加減する。難しい職人技が求められる。カウンターに座って、店のおやじと喋っているほうが気が楽だ。鰹、うるめ鰯、昆布を使ってのだしの取り方も大変だ。この調合次第、火加減次第と、まあ難事業そのものだ。文字通り後悔先に立たずの有様。

うどんの玉は仕上がってから、一時間以内に使い切らないと味が落ちる。だし汁は、その日のうちに使ってしまう。これまた鉄則である。

儲けるまでいかなかったが、いい勉強をさせてもらった。

「ナントカ飯店」という一流中華料理店の餃子の味を、「庶民派」のボクは知らない。知り得る限りのなかで、一番は「王将」の餃子だ。もっとも焼き方次第で味は天国から地獄まで変化する。うまいコックは焼き加減を心得ている。ここぞと間を計ってナベの蓋を取る。表面に焦げ目がくっきりついている。熱いのをかまわずにほお張るとジューシーな味が口一杯に広がる。これに旨いスープを添えれば言うことなし。その反対に下手な焼き方をされると、もうがっかりだ。

大池橋を西へ行ったところに、名前は忘れたが、五十代の姉弟二人でやっているグリルがある。カウンターだけの店は七、八人で満席になる。表には行列ができている。

カウンターからシェフの動きを見るのが楽しい。一部のすきもない、無駄のない動き。助手役の姉さんとのタイミングがまた絶妙だ。「間の難しさ」は全てに言える。接客業、落語、漫才、スポーツ、武道、なかでも合気道なんか、特に間を外しては勝負にならない。

ここのは何を食べても美味しいが、ボクは焼き飯が好きだ。じつに懇切丁寧、時間をかけて炒り込んである。売上の上がらない焼き飯に時間をかける。

損得を言えばもちろん損だ。にもかかわらずその心意気が嬉しい。焼き飯のできの好い店は、他のメニューにも合格点がつけられるはずだ。

値段が高くて旨いのは当たり前、なんのほめ言葉も浮かばない。安くても美味しいのを「旨い」という。これがボクの「美味求真」の本音だ。ただひとつ疑問が残る。ボクの所得に一桁ゼロがついたらどうなる。五百万なら五千万、一千万なら一億円。さあこうなったら、キャビア、フォアグラ、トリュフを追いかけ「ああ珍味！」とばかり、年代モンの高価なワインを傾けるだろうか？　答えは、そうなってみないとわからない。節を曲げず、やはりラーメン党なのか、お金の前に屈服してキャビアに走るか、まことに興味津々だが。残念！　錬金術に没頭するには、もう遅い。

平成十三年三月十一日

気迫

道場正面に、合気道開祖、植芝盛平の写真。そして向かって左から泉北パンジョの林社長。その右にパンジョ道場の溜池《ためいけ》師範、そして今日の主審、木村師範。一番右に近大医学部の出身で近大合気道部創始者でもある大里先生。右側面に少年の部の父兄がずらり。左側面が少年部。一般の部は、正面下座に控えている。いつもと違ってあふれんばかりの人である。道場に緊張が高まってくる。

「立ち技をやめて、ボクは座り技にしたいが、いいかなあ？」

長年一緒にやってきた道友の粟田がそっと囁く。去年のヘルニアの手術以後、稽古は満足にやっていない。パンジョ道場開設五周年記念「演武大会」をやることに決定してからも、彼と二、三回の手合わせしかできていない。

それに傷をかばう余りボクの動きは不十分だ。困るのは、技の受けに回った場合、十分な受け身ができないことだ。仕手の掛けた技を受けて、受け手が上手な受け身を取ると、技がいっそう輝いてくる。双方にテクニックと、「間の取り方」のうまさ加減が要求されるのである。

粟田は、座り技が得意である。それにその技を受ける「受け」のボクも、今の体調では都合がいい。そしてその後、ボクが立ち技を彼に掛ける。合気道の技は、何百とある。地味な技、華麗な技と限りなく存在する。演武を競う「演武大会」では、派手な大技のほうが見栄えがして、得点につながりやすい。

なにぶんの稽古不足だ、参加することに意義ありと、二人ともそう観念している。少年の部が終わった。いよいよ一般の部である。みんな若い。高校生、大学生、上は二十七、八歳だ。ボクの子供か孫の年齢にあたるわけだ。そんな中に混じっていられるのは、なんとも幸せだ。

ごく基本的な動きの少ない地味な技を選んだ。ボクの立ち技が左右で十本、栗田の座り技も十本ばかりである。

名前を呼ばれて道場中央に出る。正座して、正面の来賓に一礼。改めて栗田と向き合う。いつもと気配が違う。呼吸を計る。手刀を振り上げて、その手を栗田の頭上に振り下ろす、それを彼は手刀で受ける、そして体を開く。たちまちボクはうつ伏せに、腕を押さえ込まれて、身動きできない。完璧に決められている。じつに俊敏な体捌《さば》き、常と違った気迫に「ええーぇ。なんでや！」と驚き呆れた。もちろんそんな思いは瞬時である。いやがうえにも力がはいる。

攻守変わって、ボクが技を掛ける。文字通り合気道である。「合気」、気が合う、気を合わす、呼吸が合う、「間」「タイミング」をとる、技が決まる。栗田が受け身をする。見事である。ボクたちの演武は、最高の出来栄えだった。もちろん当人同士の自己評価である。

終わって、ボクたちは最優秀演武賞に選ばれた。入賞はあっても、優勝の予測はしていなかった。最優秀の評価は「気迫」の差であると講評された。

レセプションの席上、ボクたちの師範、澑池さんに門下生一同から記念品を贈ることになった。

「ボクが、プレゼンターに選ばれた理由、いろいろ考えました。ボクがこの場で一番の年長者であるということのようです。喜んでいいのかどうか……」

「気迫」というのは、人生のキャリアの一つのあらわれなのか？

平成十三年三月十六日

百円ショップ

日用雑貨がすべて百円、そんな店の評判はよく聞いていた。

車の時計が故障して、まさかと思いつつ、その店へ行ってみた。ものの見事に期待が裏切られて、時計が棚に並んでいる。腕時計、置き時計、合わせて数点もある。半信半疑である。

長年、商社で流通業界の仕事をこなしてきたが、どんな計算でそれが百円で売られるのか、ご教示願いたいぐらいである。

安い高いにかかわらず、モノを買うときは熟慮の上、決行と堅く心に決めている(なんと大層な)。狭い家にモノがあふれている。だから、「整理整頓。モノを捨てる決断」そんなノウハウを教える本がよく売れている。

欲求不満とか、ストレスにさいなまれている現代人は、いろんな方法でその圧迫から逃れる努力をしている。そのひとつに買い物がある。

二千円も出せば、大きなカゴに山のように盛りあがる買い物になる。ショッピングは気持ちのいいもんだ。その反面、国内で処理できなくなったゴミを輸出（?）する時代になってきた。なにしろいたちごっこだ。

ところで、ボク自身またいい買い物をした。

現場で必要なプライヤーを百円で手にした。ペンチも、ドライバーも、ハンマーもノコギリも、工具一式が硬貨一枚で手に入る。摩訶不思議でさえある。

ここ二十年来、果たせなかったことがある。英会話を習得することである。

そこでさらに凄いものを買った。四千語を収録した英和辞書である。日常会話に必要な単語は七百もあれば十分だからこれで上等だ。まだある現代時事用語辞典である。これまた大いに役立つ。さらにもう一冊、カタカナ語辞典。買うなり調べたのが、「パンク」という言葉。大江千里が司会するＮＨＫ

の番組に、芥川賞作家の町田康が出ていて、元パンク歌手として、彼が歌を披露した。一体パンクとは？　その疑念が百円の辞典で氷解したわけだ。「パンク・ロック」とは、「社会通念に抵抗し、反抗的内容を歌う音楽」となっている。さらに「ソウル」とか、「ポルカ」であるとか。大体こうだろうというのはあっても、なんとなく理解している事柄がある。それを確定させることができる。実に嬉しい限りだ。

そんな知識の宝庫がわずか百円なりで手に入るのである。まさに感謝、感激の極みである。

毎月のように、物価が下落している。政府もついにデフレ宣言を行った。衣料ではユニクロが値下げの先鞭をつけた。しかも実のある廉価《れんか》良品である。当然ながら市場は混乱をきたす。コンビニの弁当も、外食産業も右へ倣えである。とりあえず消費者はありがたい、嬉しい。しかし賢明な奥さん方は、「わが主人がリストラにあったらどうしょう」と手放しで喜んではいない。

デフレ時代はモノの値が下がる。競争が激化する。コストダウンをはかる。

ついにはリストラに及ぶ。そんな図式が考えられる。
百円グッズを山のように買い込んで、湯水のように使い捨てる、なんだか少しこわくなってきた。適正マージン、適正販売価格、的確な物の消費のありよう、これこそ正常だと考えるが……。

平成十三年四月二日

映画って素晴らしい

「『キャスト・アウェイ』、シニア二枚。席は真ん中よりうしろ寄り」

「P一八とP一九でどうぞ」

オープンカウンターでこんなやり取りがあって、女房と二人分のチケットを手にする。赤、黒、黄色の彩色と照明はアメリカそのものだ。泉北の「ヴァージン・シネマズ」のロビーは、明るくオープンで屈託のなさは、ハリウッド映画そのものだ。ポップコーンの匂いは、それをさらに強調させる。好きなアメリカがプンプンしてくる。映画を観る若者は、ポップコーンと、コーラーかコーヒーを抱えて目指す上映ホールへ入る。最近になってボクたちもそれを見習っている。ボクがチケットを、女房がコーンのLサイズ、そしてコーヒーを買いに行く。

映画の主人公は、託送便会社のやり手で勤勉なチャックという独身の男性である。一分一秒を争う文明社会で翻弄される主人公が、事故で孤島に漂着する。すべてがゼロ。あり余るもの、それは皮肉なことに時間。孤独が彼の心をさいなむ。彼と運命を共にした、チャックの扱う託送便の荷物が島に流れ着く。ドッジボールがある。それに顔を描く、ウイルソンと名づけて、島で唯一無二の友人になる。日々、物言わぬウイルソンに話しかける。仕事、仕事で治療できなかった歯が猛烈に痛み出す。文明の落とし子でもあるそれに耐えかねた彼は、これも漂着物のアイススケート靴のエッジを歯にあてがい、その先端を石で叩いて荒療治をする。四年の歳月を経て、かれは救出される。文明と原始のはざまを、命を賭けて行き交ったチャックは、真剣に人生を見つめ直す。

人はそれぞれに生きている。千差万別の人生模様なのか、あるいはパターンはいくつか決まっていて、ひたすら遵守しているのか……。

映画を観て、本を読んで、自分の人生を顧みて、なにか拡大飛躍できるものがあれば、こんなに嬉しいことはない。

キャラメル味のポップコーンをほお張って、ときおりコーヒーで喉を潤す、むかしむかし、小便臭い場末の映画館で、おせんに、キャラメル、ラムネといった世界と比べて、いまのシネマ・コンプレックスの映画館は月とスッポン以上の隔たりだ。それにシニア料金はありがたい。わずか千円で未知の世界や、未知の人生が眼前に広がる、これこそ生の愉悦そのものだ。

映画を見終えると、ほっとため息をついたり、涙ぐんでいたり、肩を怒らせて勇者になったつもりだったりする。さらに近未来映画は、人類の将来や、地球の未来を暗示している。それも荒唐《こうとう》無稽《むけい》なものでなく、現実味の帯びた内容のものが多くなってきた。

映画のラストシーンが遠くへ消え去る。音楽は余韻を奏でる。ボクは淀川長治さんを思い浮かべて、つぶやく「いやっー映画って、素晴らしい！」。

平成十三年四月十四日

アイアンホース「鉄の馬」

五十歳の誕生日を目前にして、もう二十年も前の話になる。ここが最後の砦とばかり、女房の制止もなんのそのバイク屋へ一目散。買った。ホンダ製、ツイン（二気筒）エンジン、二五〇ＣＣのオートバイである。走った。まるで面白くない。借りてきた猫である。ボクのイメージするそれは、猛々しい馬である。鉄の馬（アイアンホース）でなければいけない。

さあ猛勉が始まった。オートバイの雑誌を片っ端から読んだ。鉄の馬が「あった！」。スズキＧＮ四〇〇Ｅのシングル（単気筒）である。それに嬉しいことに、始動をセルでなくキックしてエンジンを掛ける。今時キック始動なんて皆無に等しい。それにそんな不便でハードなバイクは相手にされない。当然ながら製造中止。仕方がない。松屋町で中古を買った。新車同様のバイクに追金を払って。

セルボタンを押せば掛かる、そんなやわなエンジンに用はない。スズキGN四〇〇Eに馬乗りになって、右足に全体重を乗せて、思い切りキックする。エンジンが咆哮《ほうこう》する。鉄の馬は生きている。それを実感する。

一九七〇年代後半以降、車、バイク、珈琲、お酒、煙草、フォークソング、書籍、そのすべてが軟弱化していった。嗜好品はみんなマイルドになった。硬派といえる商品がなくなっていった。その背景にはもちろん人間の没個性化、類型化が見逃せない。ボクが使ってきたアルバイターをみても歴然としている。昔は夜中にタクシーを乗りつけて、その支払いをさせられたり、彼女が妊娠したから中絶先を紹介せよとか、まあ、猛者《もさ》がいた。いまやそんなのは影も形もない。みんな同じの、良くも悪くも優等生である。毒にも薬にもならない。車も、バイクもすべてその系譜をたどってきた。面白くない。ひとり雄叫びをあげても空《むな》しいだけである。

「鉄の馬」を六台乗り継いで、やっと本家本元、正真正銘のアイアンホース「鉄の馬」にたどりついた。ハーレー・ダビッドソンである。

好きな真っ赤なボディに、心臓部はいかにもマシーンである。ボクの胸は早鐘を打つ。跨がる、始動する、エンジンが吠える。アクセルを吹かす、加速する、鼓動が高鳴る。振動がボクの全身を包み込む。馬の背は堅い。「鉄の馬」の表現そのままだ。

ハーレーが誕生して約百年になる。

「ボクのおじいさんが愛用していたハーレーだ……」

ある日、倉庫の片隅で埃をかぶったハーレーを見つけた若者が、修理して、磨き上げて、新たに命を与える。寝ていたハーレーが蘇る。こんなハーレー物語は、バイク雑誌で何度も読んだ。ハーレーを主人公にした映画は何本も作られた。ハーレーは物語になる、映画になる。

映画といえば、アメリカの大統領もよく登場する。英雄としてならまだしも、レイプ犯?にされたりするからすごい。アメリカって興味の尽きないオモロイ国だ。
ハーレーって奴は、存在感があって、ライダーを雄々しくさせてくれる。
いままた、そのハーレーが日本で復活した。

平成十三年五月三日

ギター&トーク

「鹿、その次に尾っぽの尾の字、そして最後に菜っ葉の菜の字。鹿、尾、菜で、なんと読みます？」

「なんで知ってる！」

そんなどよめきが起きる。なんのことはない。その文字は、ここホールにある掲示板に書いてあったのだ。じつはその漢字はボクも知らなかった。海草のヒジキを漢字では鹿尾菜と書く。ひとつ勉強させていただいた。

「名古屋の名産ウイロウは、外郎と書くのですね……さっき勉強されたようですねぇ。ボクもひとつ賢くなりました。奥井さん知ってた？」

「いいえ、わたしも初めて」

大きなフレアーの紺地のスカート、これも紺色に柄のはいったブラウス、胸に白のネクタイ風にまとめたスカーフ。

「奥井さん、さすが元先生。貫禄十分の校長先生だ！」

定刻二時、ギターライブが始まった。

「みなさん、今日は奥井さんと二人きりだから、ぐっーと席を詰めて、みなさんと膝突き合わせて、ボクが喋る、あなたがたにもお喋りしてもらう。そんなかたちで気楽にやらしてください」

そう言って、ボクたちは彼らのすぐ目の前に陣取った。より親近感が出てくる。

お馴染みのきれいな白髪で細面、上品なお爺さんのNさんもいらっしゃる。いつも一番に反応してくださる。ボクにとってはツヨーイ味方である。それに今日は当方二人きり、なおさらだ。奥井さんは、ここ「ファヴォーレ」はもちろん、老人ホーム等への訪問ライブは初めての経験である。

「いいですねぇ、泣けてきます……」

曲が終わるたびにNさんはそう言ってくださる。こんなお客さんはまことにありがたい。演じる側は大助かりだ。拍手も忘れない。さらに手を合わせて「ありがとう」と合掌してくださる。本当に心丈夫だ。日本の歌「故郷《ふるさと》」が終わった。

「ところで、Nさん故郷はどちらでした？」

「僕の故郷、どうして？　滋賀県です」

Nさん、ええ？　どうしてと不審がっている。別に不思議はない。あらかじめ職員さんから聞いていた。

「そうだ滋賀県だった。それに学校は八幡商業でしたねぇ」

Nさんの顔がほころぶ。

いちばん前でしっかりと「故郷」を歌っていたご婦人が、

「学校のとき、この『故郷』よく歌いました」

「小学校ですか」

「いいえ、女学校です」

ほほ笑みを浮かべて、ボクに答えを返してくれる。言葉のやりとりに座が盛り上がる。終わってから後悔したことだが、あの言葉の流れのなかで、彼女の名前と、出身女学校(なんと懐かしい、郷愁を覚える言葉であることよ)名を聞くべきだったと。

「知床旅情」、「荒城の月」、「故郷」、「船頭小唄」、今日の前半の構成はこの四曲にした。奥井さんが歌詞を掲示板に貼り付けてくれる。その間、その歌の由来を説明している。曲にはいると、彼女がリーダー役をしてくれる。こうするとみなさん、声を出しやすい。下手なギターもなんとかお役に立つ。

場に色をつけるのに、奥井さんに話しかける。

「奥井さん、ギターを習い初めてもう半年あまり。どうです、おもしろい?」

「おもしろい、そんなどころか、もう大変！」

「でも、もう楽譜は覚えたでしょう」

「ええ、先生に怒られ、必死になって……。この年になって、なんでこんな思いせないかんのやろ」

「もうひと踏ん張り。あと何ヵ月かしたら、ここで奥井さんにギターを弾いてもらいます。みなさん期待していてください」

奥井さんに声援の拍手が起きる
「後ろの掲示板に皆さんの俳句が展示してある。十七文字に全てを読み込む、これはすごい。まあいくつになっても勉強ですよねぇ」

ギターの材質の説明をしてさらに、ギターを掲げて音階をつま弾いて、みなさんに耳を傾けてもらう、このちょっとしたことに、みなさん大いに興味をもってくれている。そして一弦の一番高いミから始まる「影を慕いて」の前奏を弾いていく。メロディに入ると皆さんいっせいに歌い出した。慌てたのはボクのほうだ。そんな予定はなかったから、うろたえた。

「悲しい酒」が終わって、ひばりの逸話を披露した　絶対音感の人、ひばりのジャズは、英語圏の外国人をびっくりさせた。その発音のよさに、英語を流暢《りゅうちょう》にこなす人だと理解したらしい。しかしひばりには英語の素養はない。そのかわりに絶対音感の人だから、耳にしたあらゆる音を正確に発声してしまう。こんな話をお年寄りは、真剣に聞いてくれている。好奇心はまだまだ衰えていない。

　ギターソロ四曲、「出船」、「赤とんぼ」、「悲しい酒」、「通りゃんせ」を弾いて無事、ライブは終わった。

　ギターとトークと半々、そんな構成を頭に描いていたが、うまく持ち時間の一時間は消化できた。奥井さんのお陰で助かった。ボク一人だと、話が客席とボクとの直線でのやりとりに終わる。しかし彼女がはいると話が三角線上で流れる。すべてが立体化される、奥行きと広がりがついてくる。客席に座ってもいい年齢の彼女が、逆の立場でおられるのはありがたいことだ。

　控室へ戻ると、ボクの視野に収まっていたお客さんの一人が、ボクたちを待っていた。

「いろいろな思い出に、涙ぐむばかり。恥ずかしくなって、ここへ逃げてました……。こんなことでいいのでしょうか」

「あなたは感受性が豊かな女性なんです。歳がいってもみずみずしい。ボクは素晴らしいことだと思います」

「来月も来てもらえます？」

「もちろん伺います」

今日のメンバーで一番の若手、奥井さんよりも年下だろうその人は、深々と礼を言って戻って行った。

平成十三年五月五日

「英会話」苦闘記

「あなたは、ただ聞き流すだけ。なにかをしながら、あるいは、あなたが眠るとき、このカセットを耳元で流す。子守歌みたいなもの。頑張って！　頑張って！　そんな努力は必要ありません。赤ちゃんや幼児をごらんなさい。親が言葉を特に教えていますか……。いつのまにか自然に身につけていますよね。何ヵ月かたって、あなたの口から英語が流れます。相手の喋る英会話の意味が自然に理解できます」

こんな意味の新聞広告を見て、ボクは小躍りした。早速、電話に飛びつきその英会話学習法のひとつ「スピードラーニング」なるものをオーダーした。去年の秋の話である。

とにかくアメリカが好きだ。ボクが中学生のころ、でかいアメ車が大阪の街を我が物顔に走っていた。フォード、シボレー、ビュイック、クライスラー、キャデラック等々。巨大、豪華絢爛、まことにもって颯爽としていた。さすが物量の国アメリカ「こりゃー負けるわ！」とへんなところで納得させられたものだ。そしてジャズがお目見えした。よくはわからんが、日本的でない未知の世界に吸い寄せられた。そして「コーラ」という黒い奇妙な味の清涼飲料水の、飲むほどに魅了させられるその不思議な味わい。さらにボクの青春を、ボクの喜怒哀楽を、いやがうえに高揚させてくれたひとつにハリウッド映画がある。

思春期のボクの中に、アメリカはどんどん入ってきた。いつかはアメリカへ行きたい。

そのための英語である。思い立って二十年になる。「英単語十日」「英会話十日」。十日でモノになる。そんな類《たぐい》のタイトルの英会話の本が、書店には随時、並ぶのである。そのタイトルの示すところ、能力も記憶力も努力も、ほとんど要しない。それで英会話が習得できる。ボクはそんなのを見ると、嬉しくなって、たちまち買ってしまうのである。テープも買った、ビデオも買った。ひたすら学ぶのは、十日ないし三ヵ月である。仕事が忙しくなる。体が不調だ。何だかんだと立派な理由づけ（？）があって折角の学習が中断するのである。

今回は今までと事情が違う。なにしろ不況で、ブラブラする時間はたっぷりある。そこで前述の「スピードラーニング」のうまい話。「鶴首して待つことひさし」。やっとついた。包装を乱暴に破いて、無料のCD試聴盤に耳を傾けた。しばらく……。その英会話のフレーズ、どこかで聞いた覚えがある。「神の啓示」か、なにげなく頭上の棚を見る。なんとなんと、うっすらとほこりをかぶった「スピードラーニング」のケースが目を射る。記憶をたどると、もう十年も以前に購入していたのである。

年が明けて二〇〇一年、ころはよし。性懲りもなく「また始めた」のである。今回、特に心に誓ったことがある。まずそのための投資はしない。英会話習得のために、このたび購入したのは、百円ショップで買った「十年間ムダをしたと後悔している人のために」という、ボクに打ってつけのキャッチフレーズの「英語上達のカンどころ」。そして四千語収録のこれまた百円の英和辞典。そしてＮＨＫ放映のミニ英会話「とっさのひとこと」の教材、三五〇円也である。

勇躍、何度目かの挑戦が始まった。

純な赤ん坊や幼児の頭には、すべて何事もすっーと入る。比べて雑念渦巻くボクの頭、そのうえ年相応に、ボクの記憶能力は限りなくゼロに近い。

何回にもわたる苦闘歴（？）から会得した知恵、そしてその手の本で知り得た知識、そこからものにしたボクの「英会話」学習法は、

一、やっきにならない自然体。

二、できるだけ素直な幼児の気持ち。

三、記憶力は当てにならない。

四、巻き返し繰り返し身体で覚える。

中学校で習う単語は千語ぐらいだ。日常会話に必要な単語は、たかだか六

百ぐらいのはずだ。ハリウッド映画の会話の八十パーセントは、千八百ほどの単語で形成されているという。心丈夫である。この手の話はボクを奮い立たせてくれる。そのうち好きなアメリカ映画を原語そのままで楽しめる。こんな夢が目の前に「見え隠れ」してくる。うれしい限りだ。なんせもう四ヵ月も続いている。最長記録だ。それに公表すれば、もう滅多なことに頓挫《とんざ》するわけにはいかない。

今夜もほんのわずかな時間を、「英会話学習」に捧げるつもりだ。

平成十三年六月十四日

中古車売買記

スバル「インプレッサ」。水平対向エンジン搭載。この車が欲しくなってもう何ヵ月。さすが年の功、直情径行で、さあ「買ってしまった」とはならない。なんだかんだとあって、「買う」と決断を下したのは、仕事用の箱バンの走行距離が、十二万キロ。加えて任意保険が来月（七月）に切れる。立派な理由が二つもある。これで腹が決まった。

早速、書店で厚み四、五センチはある、「カーセンサー」という中古車購入の参考書みたいな雑誌を二四〇〇円也で買ってきた。スバルの項目のなかで、インプレッサを引く、京阪神で売りに出ているそれはわずかに十二台、うちボクが目的にするマニュアル車（五段変速車）は二台きり、大阪と京都に各一台の割合。大阪の一台は値段が折り合わず断念。すぐ京都へ走る。阪急大宮駅の近く壬生相合町にある、長野自動車を訪ねる。口下手の社長をおいて、一切を仕切るという茶パツの前田太郎君。名前が気に入った。加えて車好き、フェアレディを愛する今時の若者だ。話は早い。平成七年型、インプレッサ、スポーツワゴン一五〇〇を五万円負けてもらって五十六万円で契約。手続きに一週間はかかる。待ち遠しい限りだ。

京都への往復は、我が愛車、軽のオープンスポーツカー、ホンダの「ビート」だ。軽快にきびきびと走る。特にカーブの多い山道なんか、本領を発揮する。ハンドルの切れが抜群だ。若者用に作った車で、平成三年にデビューしたが、そのユーザーになるべきはずの若者にそっぽを向かれてわずか四、五年で製造中止。その数三万台強。いまや希少車だ。ボクは平成十年に、走行距離四万キロを六十万円で買っている。今、ボクのメーターは六万二千キロを指している。同程度の三年型は店頭で、五十八万円前後の価格をつけている。十年落ちの車に、この値段はたいしたもんだ。

半ば年金生活者のボクには「ビートにするか」、「オートバイにするか」の難問が待ち構えている。そのどちらかを処分する。処分なんて惚れ込んだ彼らに失礼だ。

「泣きの涙のお別れだ」になる。

大阪スバルで一度、京都で二度目、ほんの試走体験だが滑らかで吹き上がりのいい水平対向エンジンの面白さ、これはもう思った以上だ。これならビートから乗り変わっても、さして不満は残らない。四輪車の代わりは、四輪車で何とかなる。二輪車の代理は四輪車では、勤まらない。ビートとは、お別れに決めた。

そうと決まると愛しさはいや増す。今、名神を京都から大阪へ向かっている。

アクセルを踏み込む、タコメーターの針が一気に駆け上がる。このフィーリングは高回転型のエンジンだから体感できる。オートバイ感覚のスポーツカーである。この車を手にしたころ、あるミニコミ紙に「部長になったらビートに乗ろう」というエッセイを書いた。普通、部長になったらクラウンである。年齢《とし》相応に硬直した頭を、オープンで走ってみよ、風が抜けて若返る。そんな内容だった。

帰宅するや、「カーセンサー」に首っぴき。今回は全く逆の立場である。「高く売りたい」の一心である。その一番は素人売買である。うまい具合にホンダに勤務、さらに元はビートのオーナーというB君が知人にいる。早速、声をかけておいた。「カーセンサー」によると、ボクのビートと年式、走行距離ともに似たもので、中古車の店頭価格は五十八万前後のようだ。売相場の記述は見当たらない。手初めに業界大手の「ハナテン」に問い合わす。通常、現物（車）を見て査定をする。それで見積もり価格が出てくると言う。大体の線を聞き出したのが、二十万だという。これで目安がついた。さらに高く買ってくれると評判のJへ車を持ち込んだ。三十分もかけて子細に査定が行われた。結果は十五万と査定価格が出てきた。意外である。その理由は塗装の跡があるからだという。リアは覚えがある。息子がほんのかすり傷をつけてきている。フロントは知らない。あるとするなら前のオーナーの分だ。いずれにせよ、車両本体に影響のない事故であっても、減点の対象になるという。逆に手入れの行き届いた無傷に近い車には、他社よりも高く値がつく。そんなふうに解釈した。

正直言って、少し慌てた。厳密な査定を受けると、こうなる可能性があるということだ。実は昨日、三年前にこのビートを購入したA社で二十三万円の見積りをとってあった。そこへ急いだ。

「ここで手にいれたビートが、三年ぶりに古里へ帰ってくる、だから気張って……。お互い気心はわかっている……。そんなわけで二十五万！」

わけのわからんことを言って、結局、商いの定法、中を取って「二十四万円なり」で決着。

まだ、し残した一件が残っている。この返事を摑むのに、ボクの「売り確定」のタイムリミットを、その日の二十一時にしてもらった。さあ高値期待のB君を探した。やっとの思いで彼は六時にやってきた。さすがディラー勤務のB君。熱心に車の内外を見て回った。

「これなら大丈夫、これから依頼先のCさんに会って、返事を七時半にさせてもらいます」

B君はそう言い残して出て行った。

もちろんボクは条件をつけておいた。平成三年のビートは、中古ディラー店頭値で五十八万前後している。そこでボクのビートを四十万で買って欲しい、ボクはA社に売るよりも十六万円余分に儲かる。Cさんは、ディラーで買うより十八万円安く手にすることができる。双方共にこんなうまい話はないはずだ。

七時半きっちりに電話がかかってきた。

「予算がないので、二十五万ならもらいますが……」

「一万円のことなら、先に値段をつけてくれたA社に買ってもらいます」

うまい話は、なかなか、うまい具合にまとまらないものだ。

車を売る方法として、もうひとつあった。知り合いの業者に頼んで、オークションにかけてもらう。
ちなみに、ボクのビートで高値がついたとして、三十万円が限度だそうな。

平成十三年六月二十七日

変人説

小渕さんは、調和と協調の人だった。日本人として、選ばれて当然、なんの不自然さも感じさせない人が総理になった。森さんは、日本的な土壌そのままに、密室で選ばれた。これまた純日本的な選出方法だ。

小泉さんは違う。「永田町の変人」である。元来、日本的な伝統や文化の中では、とくに「永田町の論理」の前では、総理になり得ない政治家である。それが総理に選ばれた。これは有史以来の大事件？である。

典型的な日本人では、もはやこの国は救えないのか？　そう言えば、フランス人のゴーンさんが日産を復活させた。

「永田町の変人」も、または「日本の変人」も、アメリカへ行けば、多分ただの人に違いない。小泉さんは、ただ自己主張しているだけである。揺るぎない政治理念を抱いて、信念をもってひたすら邁進している。言えば、それだけの話である。政治家としては、あたり前の存在である。それがなぜ変人扱いなのか。「そんな堅いこと、言いなはんなぁ」、「まあ、みんな仲よう、ボチボチいきまひょや」。この調和と協調とも言える、純日本的フレーズが欠落している。当然ながら平均的日本人とは波長が合わない、異端視される。とくに永田町の守旧性や、それにまつわる腐れ縁とは無縁の人だ。それがまあ変人というレッテルの由来だろう。世界のレベルでみれば、あたり前のこと。世界の常識は日本の非常識、このひと言に尽きる。

よくも悪くも取り沙汰される。田中外相も初の渡米では、日本人としては珍しく主張する大臣が来たと、アメリカの各紙がコメントした。なんとも奇妙なお話だ。

最近、「変・人類！」が幅を利かすようになってきた。東京都の石原知事、長野県の田中知事。主張する人である。ＹＥＳ・ＮＯの明確な人である。

それに気づいたことがひとつある。三人共に鋭い感性の持ち主だと想像する。石原、田中両氏ともに高名な作家である。総理小泉さんはオペラを愛し、X・JAPANの熱烈なファンである。

IQ(知能指数)よりも、EQ(感性の指数)の高い人が、より豊かな人生がおくれる。ここ数年そんなふうに言われてきている。ボクも全く同感だ。加えてボクは、より立派な仕事ができると考える。

この国がよくなるために、世界のレベルでいう「常識人」、日本でいう「変人」を増やすのが早道だ。

「変・人類!」大歓迎である。

平成十三年七月三日

動物の逆襲

野良犬に襲われて、死亡したお年寄り。カラスに頭をついばまれた女性。川に生息する鰐《わに》。繁殖する外来種の魚類。挙げていったらきりがない。勝手気ままな人間が生態系を狂わせた。さらにワシントン条約（野生生物保護条約）を無視して、欲しい動物は大金をはたいて、ルール違反してでも手に入れる。なんとも情けない。その上、せっかくのペットも手に負えなくなったとかの飼い主の都合で、いとも簡単にそのねぐらを放逐されるのである。

先日テレビ番組で『動物の逆襲』というのを観た。利己的な人間に報復しているかのような実例である（謙虚にそう理解した方がよい）。このまま反省もなく動物の虐待を続けるなら、「動物の逆襲」は、ほんまものになるに違いない。この番組からボクはそんなことを感じた。

蜂が人の手のひらで、叩き殺されたとしたら、その蜂は命の瀬戸際に自分の状況を仲間に発信して知らしめるという。知名度のある動物研究家と獣医師の話である。事実とすれば「動物の逆襲」も夢（？）ではない。

ボクの友人の神戸《かんべ》さんは愛犬家である。いま年老いた家族同様の「カンタ」を、優しく見守っている。雑種で中型犬のカンタも歳で精彩がない。気のせいか悲しげな目色をしている。もの言わぬ動物の不憫さか。神戸さんはそれをよく言う。生後まもない迷い子（犬）から育てた彼女は、「この子とはすべてツーカーよ」と目を細める。

夜になると、彼女はカンタを部屋へあげる。彼女のそばでカンタは、安心して寝息をたてる。それが朝方になると、不審な物音に目覚める。カンタが家中をあてもなくフラフラさまよっている。そして壁や建具に、身体をぶつけて倒れている。しんどいのか肩で息をしている。彼女はカンタのおなかをさすり、足を撫でてあげる。いつかカンタは安らかに寝入る。そんな介護のせいで、ここのところ寝不足だという。人間と同じようにボケ症状をきたしているようだ。

「この子に、安らかな死を迎えさせてあげたい」。いまそれは、神戸さんの切実な願いだ。

犬と悲しい別れをした思いは、ボクにもある。

真夏の昼下がり、「僕」という名前のボクの飼い犬が、くさりを放って、放浪の旅に出たのである。自由に憧れて家出をした。もちろんボクの推察だが、ボクが彼の立場ならボクもそうしている。なぜならほぼ百パーセント、ペットには自由がないのである。食事も、運動も、トイレさえままならないのだ。ボクも女房も必死に「僕」の行方を探した。行為とは裏腹にボクは、『僕』が元気でしばらく自由を満喫してほしい」そんな思いがあった。

秋風の季節になって、「僕」は奇禍《きか》に遭って命を落とした。

生まれて初めて、未知の世界に飛び出した彼は冒険の連続の中で、すごい勉強と経験を積んだに違いない。そして日にちの経過に、郷愁を覚えた彼は、一路「すみか」を目指した。そしてその十メートル手前で車の事故にあった。

ボクたちは彼の心根を想って泣いた。
文明という利便性と引き換えに、人間は豊かな魂を欠落させていく。
想像される未来が怖い。

平成十三年七月二十四日

ワンコインの効用

牛丼「二八〇円」は安い。早速、食いに走った。当然、満員である。やっとありついて前を見ると、なじみのクーラー屋さんの顔がある。不況を嘆きあっている仲である。ひと足早く食べ終わって、入り口近くでパクついている彼に、

「うまいもの、なんぼもあるのに、よりによって『吉野家』さんとは。われわれの甲斐性なしも、ええとこや……」

「ほんまや、情けない！」

客はひっきりなしである。国道沿いだから、車がどんどん入ってくる。夏休みだから子供連れの主婦も多い。四百円の並盛りが一挙に七掛けの二八〇円である。不況のおりだ。これはありがたい。それにボクなんか年金暮らし

だ。それも会社勤め半分、自営半分でやってきたから年金は少ない。その穴埋めに週二回ほど、まだ現場仕事をこなしている。

「吉野家」、「なか卯」が二八〇円。「ランプ亭」が二七〇円である。

商社勤めをやってきたその習い性なのか。ボクは、

「牛丼屋さん、そんな値段でやっていけるの?」

とまあ、よけいな心配をするのである。答えを推測すれば、肉や米の仕入れ先に値引きを強いる。店員さんにより良い効率化を求める。時と場合によってはリストラだ。さしあたり労働強化である。それにしても三割はきつい。幸いなことに各社とも、売上は五割増しを上回っている。そんなこんなで、なんとか利益を確保しているようだ。

しかしいつまでも牛丼でもあるまい。それに弁当屋、コンビニ、ファミリーレストランも、客をとられて泣き寝入り。そうはいかない。いずれ競争に参加する。いよいよ血みどろの戦いだ。

近ごろ「ワンコイン亭主」というのがいるそうだ。ワンコイン(五百円)

で昼飯をなんとかしようという。切ないサラリーマンのことだ。牛丼のおかげでワンコイン亭主も窮地を脱した？まだある、彼らのツヨーイ味方。マクドナルドのハンバーガーだ。大英断の半額セールだ。正常な経済活動をやってきた（と思う）ボクがみて、まさに狂気の沙汰だ。二つ食べてわずか一三〇円の出費で満腹だ。これにお好みでコーラか珈琲で、か弱い男どもの涙ぐましい、さみしいお昼は無事に終わる。嬉しいことに彼の手のひらには、小さい方のコインがいくつか残っている。

家庭の主婦も、食材を買ってきて調理して手間暇かけてより、こちらで外食した方が安い。手抜きができる。まあすべて効率がいいわけだ。

フランス系スーパー「カルフール」がそのチラシのコピーに、「みんなの元気と笑顔のもとを、ワンコイン（五百円）でまとめ買い」とある。加えて小さいワンコイン（百円）で、ツウコインで、スリーコインで、とまあコインの効用を喧伝している。

大先輩格の百円ショップは忘れられない。ボク自身いろいろとお世話になった。英和辞典、『英語上達のカンどころ』、現代用語辞典、カタカナ語辞典等。これすべて百円である。知識の宝庫の代価が、なんと小さい方のコインひとつである。

そんなわけで、ただ今、「ワンコインの効用」をありがたく頂戴しているわけ。

ただその先に、なにか魔物が潜んでいるような……。そんな気がして、素直に喜べないのは、なんとしたことか。

平成十三年八月二十六日

いま「女がおもしろい！」

万国共通、万人共通。男は女が好きだ。中に例外もあって、女はだめだ、同性の男がいいというのもいる。これは例外だから、このさい省く。ボクもその万人共通の口で、女の友達の方がいい。同性の友人には悪いが、心底そう思う。一番の理由は異性だから。いくつになっても、男には女がよろしい。女にはなんたって艶がある。だからと言って、ボクは決して決して、「H志向」ではない。その愛すべき女性も歳とともに、「艶消し」に変化する人もいるが。男にもどんどん、「男っ気」の消え失せるのがいるから、この点は同罪だ。

なにしろ女たちの元気がいい。老若問わず、目をらんらんと輝かして、好奇の輪を張り巡らせ、いったん事あれば、勇猛果敢にどこにでも飛び込んでいく。なだらかな曲線をジーンズにくるんで、巨大なダンプを操る女を見かけると、その勇気とえも知れぬ色気に、ボクなんか敬愛の念すら抱く。建設現場で雄々しく働く、彼女たちは凛々と美しい。

進取の気性、事にあたっての柔軟性。これなんか、いまや男になく、女のものになってしまった。男はあくまで保守的、悪く言えば臆病。そしてある面、頑固、さらに頑迷なのもいる。年齢によっては「男の沽券《こけん》にかかわる」なんて、時代錯誤の男も大勢いる。

いまや哀れな存在の男たち。一時、「濡れ落ち葉」なんて言葉が流行ったほどだ。なかでも噴飯もんは、もう鳴りを潜めた「ウーマン・リブ」運動に取って代わって、「マン・リブ」ができたらしい。その趣旨はこうだ。

退職して、失職して無為を託《かこ》っている男たち、奥さんや女性に頭のあがらない（虐《しいた》げられた）男たち、一人歩き（一人遊び）できない男たち、みんなで徒党を組んで、やっていこうよ。不甲斐ない連中の仲良しクラブ。まあそんなふうだ。

男はたいがい学校を出て就職する。そして「管理社会」の枠の中で過ごす。

管理されて何十年。晴れて定年を迎えたとき、「指示されて動く習性」は、頭のてっぺんからつま先まで洗脳されて染みついている。六十歳過ぎて自由を手にしたとき、ダイヤにも金にも勝る「自由」に戸惑い、使い勝手の悪さを実感するのである。指示がないと動けない。下手をすると「死ぬまで指示待ち」になる。そんなわけで「マン・リブ」が誕生した。

女は結婚して、出産、子育て、教育、近所づき合い、世代の違う姑との関係、家事一切を取り仕切ってきた。男の単純労働と比べて、それは複雑にしてときに怪奇、入り組んだ迷路でもある。そんな日常をことごとく、柔軟な対応と、一瞬の決断をもって処理してきたわけだ。

修羅場をくぐり抜けて、子育てを卒業した女性は強い。千軍万馬《せんぐんばんば》の強者だ。その底力と自信は、やわな男なんか寄せつけない。だからこそのわが世の春だ。その上に偉大なる好奇心だ。「男の沽券にかかわる」なんて、犬の遠吠えの男どもを尻目に、どこへでも首を突っ込んでいく。見聞を広げる、「見たり、聞いたり、試したり」の世界は当然、女性の視野を広げる。

去勢されたような男たちは、女の傘の下で余命をつなぐばかり。

ボクは、年若い女友達の、忍耐、ときには謙譲、さらにその言葉と裏腹の変わり身の早さ、その柔軟性など、男と違った資質に驚きながらも、いろいろと教わってきた。加えて「女のミステリアスな部分」がおもしろい。

平成十三年九月十日

トヨタに始まってトヨタに終わる

名神高速が開通したころ、ボクにとってのマイカー第一号車、日野「コンテッサ九〇〇」を手にした。リアエンジン、リアドライブ、いうところのRRである。なにぶん後ろにエンジンを搭載しているから、後部が重い。名神を八十キロのスピードで走ると、フロント（前部）が浮き気味になって、フラフラ走行になったものだ。

「いすゞ」がいまやあたり前のフロアシフトを、国産メーカーとして最初に取り入れた、画期的といえる「ベレット」を発売した。「こんなトラックみたいな車、乗れるか！」とさんざん不評だった。ボクは逆にそのスポーティな感覚を買ったものだ。

第三弾は当時、ワーゲンの高級車だった、RRで空冷の「ワーゲンタイプ

4」である。前にあるトランクからものを出し入れしていると、「この車のエンジンどこにあるの?」そんな素朴な質問をよく受けたものだ。さすがドイツの名車だ。作りが違う。大人が二人頑張ってもタイヤ交換のためのネジがはずせない。仕方なくJAFのご厄介になったのを覚えている。

次にやってきたのが、これまた「いすゞ」が先鞭をつけたワゴンタイプの四駆、「ビッグホーン」である。一九八〇年頃だと思う。そのころ「ウッディライフ」が流行《はや》って、ボクも伊賀上野に山林を買った。そんなこともあって、ディーゼルの四駆は大いに役立った。

その後、ファッションとしてのオープンカーが東京を中心にお目見えした。その中心はイギリスの「MGミゼット」であった。雑誌にもよく登場した。全てのファッションの多くは東京からである。大阪界隈にはMGの売り物は見当たらない、仕方なく東京行きを決めかけたころ、カー雑誌で出物を見つけた。売り主は、女性のデザイナーである。胸をドキドキさせて、その交渉に出掛けたものだ。赤いボディに、美しいそのオーナー。いまもはっきり記憶している。このオープンカーはお転婆娘よろしく、さんざんボクを悩ませた。

この時期を最後にオープンカーは、世界の市場から消え去った。それを見事に蘇らせたのが、マツダの「ユーノスロードスター」である。一九八九年だった。勇気あるマツダにボクは拍手喝采したものだ。

いすゞ「一一七クーペ」の美しいボディラインを超える車をボクは、いまもって知らない。その中古車を安く手にしたボクは、真っ赤なボディに変身させた。流れるラインは麗《うるわ》しい貴婦人である。ダッシュボードに並ぶ七連の丸メーターは、車好きにはこたえられない喜びだった。しかしもう街角でその姿を見ることはない。

どうも「いすゞ」に縁があるようだ。羊の革を被った狼「ジェミニRRZ」にボクの心はときめいた。セダンの姿なのに真の硬骨漢である。もちろん走る。なかでもそのペダルの重さ、さらにノンパワーのステアリングときたら、助手の手助けか、テコでも借用したい、常識を超えたハードさ加減だった。

世界に唯一無二、Kカーでミッドシップ、そしてオープンカー、ホンダの傑作「ビート」には心身ともに酔いしれた。小さなエンジンをぎりぎり引っ張って、オープンで走る。コーナーで、スパッと切れるステアリング。まことに快感。車を操る喜び、これはもう最高だった。

そしていま、水平対向エンジンのスバル「インプレッサ」が愛車である。マニュアルギアの車なんてもはや市場にない、やっと京都で見つけた。帰りの名神で水平対向エンジンの醍醐《だいご》味《み》を味わった。

平均的日本人のカーライフは、係長、課長、部長、あるいは年齢順に、「カローラ」に始まって、ついには「クラウン」に到達するのである。そういえば「いつかはクラウン……」というコピーがいっとき流行ったものだ。「トヨタに始まって、トヨタに終わる」では少し寂しい、お粗末な気がする。

すべてに、最大公約数的な車を作ってきたトヨタが、あの奇妙なCM「ベイビィダンシングチーム」以降、大いに変わった。全方位に視点を向けた車を作り始めた。「オジン向き」とも言われたトヨタがヤングからシルバーまで、

「何でも揃うトヨタ」になった。トヨタ嫌いのボクにも食指の動く車が、生産ラインに乗ってきた。
あとはどんな車が希望かと問われたら、ボクはためらいもなくイタ車に乗りたい。イタリアの情熱、その官能的なエンジンを積んだ「アルファロメオ」がいい。まだまだ時間はある。カー雑誌をあれこれ読んで、いろいろとイメージする。この期間が何とも楽しい。夢見は長い方がいい。

平成十三年九月二十七日

古希を迎えて

「古希を迎えて」。何ともいやなタイトルだ。「抗老を旨とすべし」いや違う。「自然体であるべし」こっちがより近いようだ。とすればこれは、なんだかその軍門にくだって、これからはすべて年相応にいたします。そんな声明文を発表するみたいで、どうも背中がかゆい。じゃあなんだというと、自分史みたいなもので、七十歳のころ、なにをやっていたか、まあそんなところであります。

毎晩のように、往復三キロのところにある「パルネット」という大型書店へ行く。車、バイク、格闘技、音楽、映画、ファッション、住宅関連雑誌、週刊誌、月刊誌等、それからたまに「裸のH本」がチラッと視野に飛び込む。まあありとあらゆる雑誌に目を通す。読むよりもグラビアなんか眺めるだけで「意おのずから通ず」であって、時流を短時間に読み取れる。これは便利である。買うほどのこともない。本屋さん、ごめんなさい。

次に単行本。常にベストテンにランクされているのが、「人生いかにあるべきか」の類いのもの。内外合せて何十冊と並んでいる。不透明な時代背景だし、そんな本を参考にしながら生きる、自信のなさ。自分流のない日本人の不甲斐なさがうかがえる。

年若い友人がマスターの「たんぽぽ」へもよく出入りする。ボクにとって彼は音楽の先生だ。ボクが半端なことを言っても、きっちりした答えがすぐにかえってくる。まずCDが流れる。そしてその曲の背景が説明される。彼の所蔵するCDの多さ、その博識振り、彼はまたとないボクの生き字引である。

酒飲みが「歳とともに酒が弱くなってね」なんて言うのをよく聞く。珈琲好きのボクも近ごろ弱くなって……。

真っ白のクリーム、琥珀色したココア、その白と色の交じり合ったあたり、静かにそっと口をつける、最後の一滴まで決して攪拌しない。「うまい。美味である」。至福のひとときである。もちろんマスターの選んだ曲は、ボクを癒してくれている。

オートバイって奴は「眺めて良し、触って良し、乗ってなお良し」。それを聞いた友人、

「女といっしょかい！」

「……」

まァ、とにかく十日に一度は必ず連れ出す。ご機嫌うかがいである。面倒と言えば面倒、しかし実は重宝している。彼女を操るための体調を、常に考えざるを得ない。「乗るため」はボク流の健康管理の方法だ。

合気道に入門して十年になる。合気の言葉そのまま、力とは無縁のタイミングの技である。オートバイを操るためにも、反射神経は大きなファクターだ。それを維持するための合気道でもある。

映画『スコア』を観た。主役のロバート・デ・ニーロ、相手役はエドワード・ノートン。それに珍しくマーロン・ブランドが出ている。怪盗たちの丁丁発止の駆け引きは、おもしろかった。肥えたブランドは相撲とりも同然だ。薄暗い酒場にジャズが流れて、もの憂い風情の黒人ジャズシンガーは、デ・ニーロの愛人である。「こんどが最後のヤマだ、これで足を洗う」「いつも、いつもこれでおしまい……。もうあてにならない」。女は男の腕を振り切り、踵を返して出て行く。映画によくあるシーンだが、好きだなあ、男と女のすれ違い。「永遠のテーマ」だ。

「映画って素晴らしい……」の水野晴夫さん。「映画一筋」だった淀川長治さん。あなた方のおっしゃるとおり。月に一本以上観ることを誓います。

ギターを習い初めて七年になる。これが月に一回の老人ホームでの「ギター&トーク」にかかわってくる。トークは自前でなんとかなる。ギターはそうはいかない。なにしろ半世紀余り、自他共に認知する音痴だつたのだ（この話はまたの機会に）。そんなわけで才能はない。その分、時間をかければいいい。ボク流である。幸い、時間はある。時間をかけてなんとかする。なんだかんだあって、訪問ライブを一人でやるようになった。勉強、やり甲斐、おまけにお年寄りに「喜んでいただける」。一石二鳥、いや三鳥にもなる。ほんとにうれしい限りだ。

ここ「たんぽぽ」の机上に展示するために、エッセイを月に二本書く。結構、荷が重い。テレビ「渡る世間は鬼ばかり」の橋田壽賀子さんは一日に原稿を十枚が、ノルマだという。比較するのもおかしい話だが、ボクはたかだか月に十枚程度だ。七十六歳の彼女、向こう三年間この連続らしい。老後をテーマにしたNHKの番組だったが、橋田さん、「今が一生懸命だから、老後は見えてきません」。そんなふうに話を締めくくっていた。

「英語は絶対勉強してはいけない」と題した英会話の勉強本がよく売れている。英会話学習法のやり方のひとつとして、ここ何年か持て囃《はや》されている学習法だ。その骨子は、幼児は自然に言葉を覚えます。特別そのための勉強はしません。これである。ボクもその要点を活用している。なにしろ記憶力は覚つかない。車の運転中は英会話のテープを流す。寝付くまでの間、枕元で英語が子守歌がわりだ。幼児と似た環境作りだ。違うのは文字が読めること。だから身辺に本を置いておく。例え短時間でもそれを眺める。「勉強しようとしては、いけない！」のである。特に「頑張る」のはもっともいけない。いい加減なボクにお似合いの学習法だ。自然体が一番である。ぼつぼつながら効果が出てきたようだ。幼児がなんとなく、いつとなく会得してしまう。まあそんなやり方である。

それにつけても腹立たしいことは、十年も英語を習って、喋る人が皆無のこの国の教育。またそれに異議を唱えない人たち。またそれに大金をかける人たち。すべてが空虚である。

特に用事がなければ、毎朝九時に「喫茶　カレッジ」へ行く。友人がやってるから気ままなもんだ。ここへ同世代が五、六人集まって、政治経済、いまならアメリカのテロ事件(九月十一日)、狂牛病問題が話題として沸騰する。イチローも、新庄も人気の中心だ。二時間ばかり盛り上がる。

土、日曜日はバイク屋の「ジョイ」さんがたまり場だ。みんな三十代のライダー仲間である。「カレッジ」と同じ話題が出ても、こちらのは視点の違いで面白い。それにライダーの多くは「自分の意志」を持って、「生きている」。いま、彼らは希有《けう》な存在になってきた。そんな彼らと同じ空間で、仲間として何時間か、一緒に過ごすことが、ボクにはうれしい。

いまやれることをやる。いま、やりたいことを精一杯やる。ただただ怖いのは、年々歳々、どこか居心地のいい怠惰な風にのせられて、いつの間にか億劫になっていくことだ。こいつに蝕まれることが、何にも増して恐ろしい。ボクの防御策のひとつは「尻に火をつけ、煽《あお》る」。決して、決して立ち止まらない。そしてその一瞬を楽しむ。

もっとも肝心なことを忘れていた。右のような諸事万端の合間を縫って、現場の仕事を週一、二回こなしている。狭い天井裏や、窮屈な床下へ機械を持ち込んでの作業もままある。汚れて、汗をかいて、疲れていても、終わったときの達成感は何物にも変えがたい。

平成十三年十月十一日

「なんでぇ？」

「あんた！　信じなさい……。世の中不思議なこと、あるのよ」

　岡崎さんの声が、少々うわずっている。

　もともとギターで演歌をやりたくて、ほうぼう訪ねたが一向に見当たらない。だんだん歳がいく。もう六十歳をとっくに越した。焦ってくる。それでかねて存在を知っていた、北野田にある「淵本ギター教室」に問い合わせた。

「演歌だって、クラシックだって、基本は同じですよ」

　淵本先生のそのひと言で、ボクはギターを習い始めた。七年かけて、ちょっとはギターがわかってきた。そこへ老人ホームなんかへ出入りするようになって、お年寄りの好みに合わすと、懐メロ、まあ演歌になってくる。それで初心に戻って探した。あった。堺東である。先生のお名前は、大森さん。

どこかで耳にした名前である。どうも気になる。何日かたってギターの資料を調べた。なんと「中川信隆先生」のお弟子さんである。淵本さんも、そうである。年齢からいけば、淵本さんの兄弟子に当たる。任侠の世界で言えば「伯父貴」だ。どうもこれは拙《まず》い。大森さんに告白すると、

「淵本さんの了解をもらってください」

そうおっしゃる。しかし淵本さんには言い辛い。もう二ヵ月もたっている。悶々としたあげく手紙を書いた。それで一方的に了解をいただいたつもりになっている。そこで話は岡崎さんにもどる。

「……あんたがやめて、その後、なんと不思議、大森さんのお弟子さんが入ってきたのよ……」

彼女、ひと呼吸おいて、

「すぐにSさんが……。差し引きプラマイゼロ。どう？　この計算。なんで？　こうなるの！」。ボク、絶句。

岡崎さんの電話は、延々と続きそうである。

さらに、「なんでぇ？」話は続く。ところで大森教室にIさんという外科の先生が、ギターを習いにきている。

去年のヘルニアの手術以来、ボクは筋肉のトレーニングができていない。そのために特に太ももの筋肉が落ちて、ぐっと細くなってしまった。なんともさみしい。なにかいい方法はないものか？　かねての宿願をI先生にぶつけた。

足首に重し（ミズノ製）を巻く、そして仰向きになって、足を上体の方に屈折する運動をしたらとの助言。ずばり回答がでたわけだ。明快な先生である。事のついでに、今春、パンジョで行われた合気道演武大会に審査員として列席した、近大医学部出身で、合気道の高段者でもあるO先生について尋ねた。なんと同級生だという。ボクがご厄介になった眼科医のO先生は、合気道をおやりになるOさんの奥さんにあたる。三人そろって同期生になるわけだ。ボクの知る由もなかった形が、不思議なことに何かの糸で結ばれてきた。

ギター仲間の神戸さんが、やっているカラオケ「リッチ」で、淵本ギター教室のパーティーが行われた。ありがたいことに、淵本先生は不届き者のボクを呼んでくれた。そこで、ボクと入れ替わったSさんを紹介された。勤め先が変わったので、北野田教室へ来たという。面白いのは、その勤務先のオーナーが、ボクたち夫婦の知人のHさんだった。さらに教室の新人、女性の石橋さんは、元堺市の市会議員を勤めたOさんと、隣同士の仲。もちろんOさんもボクの知人である。またここで、糸が結ばれた。

そこで思い出したのが、右翼の大立者が提唱していた「世界は一つ、人類みな兄弟」の標語である。だから「渡る世間は、面白い」のである。

「リッチ」のママの神戸さんがまた「世にも不思議な物語」風が大好きな女性である。

「なんでや?」に打ってつけの話がある。

五、六年前の話である。実兄が現代の難病に数えられる、突発性間質肺炎に罹って、幽明境を何日も彷徨《さまよ》ったことがある。担当医師はわれわれ身内に、はっきりと死の宣告をくだしていた。当時、テレビ、雑誌等で「奇跡を行う人」として、「高塚光」が旋風を起こしていた。それは各人が持つエネルギーを掌に集約して、「問題のある患部にあてがい、念じる」。まあ、そんな療法である。

中国に端を発した気功が、いま欧米では、西洋医学と手を結んで臨床効果を発揮していると聞く。西洋医学の科学と、精神療法、心理療法などを加味したところで、より高い医療効果をおさめている。ここらあたり日本が一番に遅れているようだ。

そんなわけで高塚説に、ボクは興味をもっていた。

兄嫁、娘二人は病室に日夜詰めかけている。ボクも日参している。「あんたたちの若いエネルギーを、親父さんに真心込めて、注いであげて……」二人はボクの意を介して、それこそ熱心にその行為を繰り返していた。

兄は旅行が好きである、生きがいでもある。それも世界くまなく探索している。

「ここで命絶えたら、世界制覇の夢はどうなる」

兄の耳に、ボクは叱咤激励の言葉を投げかける。

そして、ボクの「気」を手のひらに集約する。充満したボクの「エネルギー」でもって、手のひらは熱い。兄の胸元にその手をかざす。何回も、何回も、気がつけば、ボクはそれをやっていた。

何日かたって、兄は目覚めた。科学者であるはずの医師が言った。

「奇跡が起きました」

西洋医学の医師が、「奇跡」という表現をした。合理的な判断をくだすことを、職業とする医師が、そう言った。とすればこれはまさに奇跡である。

科学信奉者であろう兄夫婦には、ボクたち三人のとった行為は告げてない。もちろん医師も知らない。ボク自身、あのこと以来いまだに、半信半疑である。世の中の不思議な現象をできるだけ合理的、科学的に理解したい方だが。

「世にも不思議な物語」は存在するのか？

岡崎、神戸両女史に……。

「なんでぇ？」と問えば、

「この罰当たり！」

きっとそう言うに違いない。

平成十三年十月二十五日

近ごろ感心したこと

ここ「たんぽぽ」の主と言える巨大な楢のテーブル上に、ボクのエッセイを月に二編以上展示するという約束が、だんだん辛くなってきた。怠惰、情熱、気負い、筆力の貧困、そんなものが災いしているのか、締め切り間際になっても、手がつかない事が多くなってきた。考えれば、だれが待つわけでもない原稿を、何故?これはボクがボク自身に対する挑戦なんだ。だから絶対に破るわけにはいかない。それだけの話である。

そんな折、作家・眉村卓（六十七歳）の近況が読売新聞に出ていた。奥さんの悦子さんが九七年にガンの宣告を受けて以来、「患者の気持ちが明るくなれば病気にもいい」と聞いた彼は、妻のために一日三枚以上の面白いショート・ショートを書くことを決意。以来四年余、一日も休まず書き続けた。その効あって奥さんは普通の生活に戻ったという。

「できが悪いと、妻に何度がボツにされ、作家として鍛えられたと思う」ご本人がそうおっしゃっている。

四年余りだから、書いたショート・ショートの数は、千何百編になるわけだ。これはもう凄い。並の業《わざ》ではない。第一、ネタはどうする、毎日、ひとつ考えてはペンを手にする。寝ても覚めても、日々、延々と終わりなく続くのである。これはもう体力と知力への挑戦である。まさに格闘技さながらだ。ボクからみて、これは凄まじいのひと言だ。もう神だ。魔だ。鬼神だ。ひょっとしたら病床に臥す奥さんよりも、苦闘を強いられたかもしれない。だからこそ夫婦共闘。二人そろって大事を成し遂げた。そんな痛烈な思いがした。

面白いことに作家・眉村卓とボクは、一期一会の仲である。ボクが商社勤務のとき、ボクより年少の同僚Hと、眉村さんの妹さんがいい仲になって、急遽《きゅうきょ》、結婚話。その披露宴の司会進行をおおせつかった経緯があった。もう三十有余年前のことだ。列席した作家・眉村卓と、どんな話題を展開したのか記憶にない。その後、Ｈ君夫妻はどうなったのか便りはない。

平成十三年十一月十二日

貯筋と貯金

「貯金は使うほど減る」

「貯筋は使うほど増える」

これはある日のＮＨＫ・テレビ番組の一シーンである。

加齢と共に、全身の筋肉はどんどんと衰える。とくに女性なんか、麗しいそのスタイルが無残にも崩れてくる。人によってはダイエットに励み、ジムに通う涙ぐましい努力をする方もいらっしゃる。「自助努力」をすればいいのにしない。だから貯筋が減る。

ボクも腹が出るのを嫌い、ダンベル運動など継続していたのに、去年の手術以来、それを断念していた。たちまち太ももの筋肉がげっそり落ちてしまった。あれから一年半、ギターの縁で出会った外科のＩ先生に教わった、患部に影響のないトレーニングをやり始めた。

おかげで復調の兆しが出てきた。そんな折、この番組に出くわしたのである。早速テレビの画面を見ながら、老若男女を問わず可能な、下半身を鍛える運動をやってみた。椅子に座った状態から、
一、立ち上がる。
二、椅子に座る。
これを一回と数えて、三十秒間で何回できたか、その数字がその人の貯筋指数になる。例えば、二十代で男女平均して二十九回、六十代で十九回となっている。ちなみにボクは、三十回できたから、二十代の筋肉を保持していることになる。

筋肉は、それに適応した運動をすれば、簡単にできあがる。反面ずぼらになれば、それはたちまち消えてなくなる。だから冒頭のように、その気になって一週間に二回、その運動を行えば絶えず「貯筋ができている」状態になるそうだ。なんと、わけない話だ。それがなかなか実行できない。人間って、

なまくらなもんだ。

老齢とともに、筋肉は衰える。すると下半身が弱くなって、歩幅が狭くなる。さらに足がもつれて転倒の可能性が高くなる、転んで打ち所が悪いと骨折する。結果は病院のベッドに釘付けになる、歳によっては、人によっては、それがボケにつながる。これが恐い。だから「貯筋しよう」。そんなテレビ番組だった。もっともである。

ボクはオートバイに跨がる。合気道をする。それらを継続するのには、否応なく下半身を鍛える。下半身が弱体化すれば、好きなことが、やり遂げられない。だから強制力をもって、事を行うしかない。そう心得ている。「継続は力なり」。これしかないのである。加えて「貯金する」能力はいまや残念ながら皆無に近い。せめてその代わりに「貯筋」をする。これはありがたいことにお金を必要としない。それどころか健康につながる、だから医療費は不要になる。これは「貯金」と文字通り同意語だ。

老後に備えて……。

「貯金も必要」
「貯筋はもっと必要」だ。

平成十三年十一月二十八日

先生になった！

従姉妹のN子との会話。

「お兄さん、ボランティアで外国人に、日本語を教える先生をしてみない？」

「ボクにできる？」

「もちろん！」

彼女は、日本語学校のベテラン教師である。ボクはいたって身が軽い。軽薄ということではなく、そこはそれ、伊達《だて》に七十年も生きてはいない。瞬時に「できる、できない」を判断しているつもりだ。

この十二月二日は、ボクが先生になった記念すべき日である。

「松本さん、英語か国語の素養はおありですか？」

「いいえ、全くありません」

「じゃあ、情熱は？」
「それは、まあなんとか」
「じゃあ、それでいきましょう」

堺市にあるT日本語教室、Hさんとの電話のやり取りである。あると答えたものの、いい加減なものである。それはともかく、これで先生の誕生である。スタッフが不足ぎみとはいえ、少し乱暴な話だ。勉強不足は情熱でカバーする。そんなに都合よくいくのか。このサークルでは先生とは呼称していない。スタッフと呼んでいる。

授業は毎週土曜日である。二回、授業参観させてもらった。中国、マレーシア、タイ、英語圏の人たちと多岐にわたる。授業の形態はマンツーマンである。専任制は取っていない。生徒、スタッフともに出席者が予測できないことで、生徒、スタッフを限定するよりも、代わっていったほうが学習効果がいいらしい。また数多く人間同士の触れ合いができて、よりいいのじゃないか。そんな理由のようだ。

レベルの差はあるが、生徒のみなさん、読み書き、会話ともにたいしたもんだ。ボクの想像は、完全に裏切られた。それに比べて十年も英語を習っているのに、喋る人、皆無というお粗末なこの国の英語教育。さらに噴飯《ふんぱん》ものは、十年で間に合わないからと、英会話学校に入学する。その多額の月謝を詐取された、そんな馬鹿げた話が以前にあった。学校教育に莫大な投資をしながら、その見返りのなさを、一人として非難も批判もしない、お人好しで、思考能力もバランス感覚も欠如した不甲斐ない国民。これでいいのか……。

三回目、ボクに生徒がついた。揚《ヤン》さんという中国人で、十九歳の男性である。日本語の学習歴は一年。さあ一時間半たっぷりの授業開始、彼が日本語の教科書を読む。Aがボク、揚さんがB。

A「では、みなさんの学校生活はいかがですか」

B「初めは大変でしたが、いまはもう慣れましたから、楽しいです」

A「授業は全部わかりますか」

この程度の文章をなんなく読み上げていく。この後に続く文言に「講義」

の語彙《ごい》が出てくる。

揚さんがボクに質問、

『先生、（講義）とは何ですか』

ボク、

「……？」

ほらきた、一瞬、緊張する。

「授業」も「講義」も広い意味では同じである。しかしニュアンスは明らかに違う。さあどこまで伝えたらいいものか。とりあえず同意語であると説明した。

初日からこれである。

ボクが一番に恐れているのは、文法上の説明を求められたらどうしようか。なにしろそれを習ったのは、五十数年も昔だ。記憶のかけらもない。

しかもできのいい学生でもなかった。にわか先生の前途が思いやられる。この際、情熱は役に立たないのである。

初心にもどって勉強するか！

平成十三年十二月十四日

守旧派

小泉さんの支持率は、相変わらず七十%台を維持している。「多少の痛みは覚悟のうえ」と国民は改革に期待を寄せている。

老後のこと、子供や、孫の将来のこと。言わば「国家百年の計」に思いをはせているわけだ。そんな国民の危急存亡をかけた熱望を、知ってか知らずか、抵抗勢力の面々、それに族議員のおエラ方、さらにそれに連なるエリート官僚たち、その退職後をしっかりサポートする特殊法人、なにがなんでも既得権益を守りたい守旧派、ひたすらお上に甘える一部の企業など、まさに魑魅魍魎《ちみもうりょう》、ハイエナ軍団の跋扈《ばっこ》を許すままにしている、政界。

高速道路はいらないとするのが、地元の住民の総意。対する知事さんは地方の活性化に必要だと気勢を上げる。

空港問題も同じ、ダムの必要はなしと、これまた地元民は反対の狼煙《のろし》を上げている。

これは一体なんだろう。税金の無駄使い、そしてゼネコン救済策だと、おおかたの人はそう認識している。そうでないとするのなら、事は簡単、国民を説得させればいい。「説得と納得」。こんなこと、猿でもわかる自明の理である。しかしそれは行われない。なにか、うさん臭いのである。

なぜわれわれの意思と、政治家の意思が乖離《かいり》しているのか。ほとほと思案に余る。

ただただ利権に群がるのか、愛国心が欠如しているのか、「そんな堅いこと、言いなはんなァ」とする、変わることをひたすら嫌う国民性なのか、為政者の奢りなのか。とにかく判断に苦しむ。

「その国の、国民のレベルを上回る政治家は出ない」

だれが言ったかそんな言葉がある。……われわれ国民のレベルが低いから、こうなったのか。残念ながら、そうとも言える。

議員さんになにか、ことがあったとき、

「国会議員に勝手になったんじゃない。あんた方が選んだ……。なにか文句があるのか」

こううそぶいた議員さんを、何人も見てきた。こうなると、われわれにも責任の一端がある。

だれも責任を取らない、だれも責任を取らせない、この曖昧でいい加減なお国柄。こんな日本がよくなるわけがない。日本人全体がもっと変わらなければ、この国の未来はない。そんな気がする。

平成十三年十二月二十日

携帯電話依存症

読売国際漫画大賞の本年度大賞作品は、オペラ歌手が、声量豊かにステージで歌い上げている図だ。驚いたことにマイクでなく、彼が手にした携帯電話にむかってのことである。ホールの大観衆も全員「ケイタイ」を耳にして、うっとりと酔いしれている。

赤ん坊からお年寄りまで含めて、いま、二人に一人が携帯電話を所有している。

あるテレビのインタビュー。

「もし、携帯がなくなったら？　あなたは……」

「もう、生きていく気がしません！」

特に若い世代にとって、それはもう「我が命」なのである。不透明な、お先真っ暗な時代をサバイバルするための知恵、若者の携帯セラピー（癒し）ではないか？　そんな気がしてくる。

ある国では、子供に携帯電話を持たせないようにするという規制を設けたという。

「電磁波の悪影響を懸念して」が理由のひとつである。

こんな便利なものはない。

マザコンにとって、親ばかにとって、なにしろ「瞬時」も欠かさず、「繋がって」いる。これはまことに重宝なことだ。恐妻家は「瞬時」もその支配から逃れられない。平社員は「瞬時」と言えども、上司の目から逃れることができない。そんな携帯が引き起こす心身症が増えている。無理もない。さらに「位置情報」の機能が普及したら、これはもう完璧である。何処で何をしていようと「あなたは完全に捕捉される」わけだ。

映画に観る世界が現実になってくる。自由を「悪魔」に売り渡すのか。「ケイタイ」の奴隷に成り下がるのか。

読売大賞の漫画の光景はボクには怖い。

携帯の普及で、すべて「ケイタイ」を媒体にして物事が進行するようになってきた。恋も友情もケイタイという媒体を介して行われる。

「生身」とか「肉声」とか、「肌の触れ合い」とか、そんなかつての人間らしい行為がどんどん失われてきた。

ビジネスでも携帯は役立っている。反面、計画性がなくなり、場当たり的になってきた。

文明は進化する。しかしそれは「もろ刃の剣」だ。

どう使いこなすか。「みんなで渡れば怖くない」そんな日本人には、そこが問われる。

ボクは携帯電話をずーっと不携帯でやってきた。年々、街角から赤電話が消えていく。外出時、商用で電話の必要なときがある。持たざるを得ない。困った現象だ。

いまの時代、みんな寂しい。絶えず連帯感をもっていたい。常に誰かと「繋がっていたい」。「自己確立」の欠けた国民にとって、「ケイタイ」こそ格好のツールである。

平成十四年一月二十七日

部長になったら「コペン」に乗ろう

今春、ダイハツから発売予想の「コペン」という軽自動車がある。暮れのモーターショーで実物を見て、一目ぼれしたオープンスポーツカーである。平成三年にホンダが「ビート」を、スズキが「カプチーノ」を、絶対の自信をもって発売したが、この国の軟弱な若者に歓迎されずに、あえない最後を遂げた。そんな経緯でのコペンだから、ダイハツの勇気ある英断に感服している。問題は閉塞的とも言える日本の車社会に、受け入れられるのか？　どうかだ。車好きのボクには興味のあるところだ。敗退したビート、カプチーノとの違いは、ベンツの高級車ＳＬＫと同じように、電動アルミ製のトップを装着している点だ。日本人好みの豪華仕様がプラスされたから売れるのか？このあたり勝負のしどころ、そんなふうに考える。このオープンカーの噂は、

二、三年前から聞いていた。ショーで実物を見てほれ込んだ次第。

「いつかクラウン」というコピーがある時期、日本中を席巻《せっけん》した。忠実な(?)日本人はクラウンを目指した。そしてある年代、あるポストにつくと、こぞってクラウンに収まった。あろうことか若者までが右へ倣えをした。

三年間、ボクはビートを愛用した。好きだからいろんな車に乗ってきた。その中でもこのビートは断然おもしろい。ボクはなにかを選択するとき、なにがボクに相応《ふさわ》しいか、なにが一番に「おもしろい」か、なにが一番「楽しいか」を基準にする。すると当然、そのことを「する」ことの興味が大きく膨らんでくる。移動の手段である車は、A点からB点へ、せっかくなら楽しんで移動したい。乗せていただいている3ナンバーの高級車より、自分が御す、自分が操る、車と一体感をもって……。そんな視点で車選びをしてきたから、ボクのカーライフは、多彩で、人の何倍も楽しんできた。

狭い車の空間を、オープンカーはスパッと切り取られ、三六〇度の展望をもたらした。この最初に味わう体験は、身震いするほどに新鮮で、それこそ世界が変わったほどの驚きだった。

小排気量のエンジンを極限一杯ブン回して走ってみろ、硬直しかかった「部長」さんの身体も、頭脳も柔らかになるに違いない。

カーブの続くつづら折りの道なんか、まさに人車一体。その昔、人馬一体、馬と阿吽《あうん》の呼吸を合わせて走り抜いた先人を思い出す。そしてかつて覚えたことのない新たな走る喜びを見い出すはずだ。

豪華仕様の「走るリビング」にはない。この貧弱なスモールカーは、ドライバーごと、すっぽりと自然に覆われている。日本の四季を満喫できる。忘れかけていた自然を思い出す。

夜、ハイウェイを満天の星を仰いで疾走する。夜の歓楽境のネオンが点滅する。酒もない、女もはべらない。あなた一人の空間に、ビートの利いたジャズが流れる。たちまち青春が蘇る。味わったことのない、歓喜が身体を揺さぶる。埋没していた感性が躍動する。

ちょっと発想を変える。視点を変えてみる。世の中、まだまだ「おもしろい」は、一杯ある。退屈なんかしている暇はない。
新世界が開がる。

平成十四年二月十二日

花粉症対策

「花粉症で季節を知る」というなんとも情けない状態が、ここ何年来、我が身に起きている。冬眠から覚めて春が芽生えるころ、きっちりとボクの身体は反応するのである。クシャミ、鼻水、頭が重い、けだるさ。熱はないものの風邪と同じ症状を引き起こす。花粉症が今ほど認知されなかったころは、風邪と混同して我が体力のなさを嘆いたものだ。いまは「同病相憐れむ」の仲間が増えてきて、「なんとなく気が楽になった」という変な感慨をもっている。

花粉症患者は二千万人を超えたという。糖尿病患者が千三百万人だから、いまや国民病のトップに位置する。そして経済的損失は三千億円にもなるらしい。

生きとし生けるものには、最良の季節であるはずの春から初夏にかけてのこの苦痛は、どうしたことか。国家的対策をなにひとつ持たないこの国では、我が身の不運を嘆き悲しむのみだ。これも行政の怠慢に違いない。

針葉樹と広葉樹のバランスを欠いた自然破壊、住民不在、ゼネコン対策優先のダム建設は、環境破壊を推し進めている。

「国家百年の計」なんかもう上の空、あるのは目先の既得権益のみ。現代の悪代官ともいわれた鈴木宗男議員は離党した。彼の親分の野中広務議員は彼にこんな言葉を贈った。

「自らの判断で離党した。まさに「男の美学」だ」

どこが、何故「美学」なのか理解に苦しむ。なんともお粗末な話だ。

完全とはいえないが、花粉症の予防薬はある。しかし長期にわたる薬の連用は望ましくない。さらに副作用も考えられる。それにボクは薬嫌いだから耐えている。ひょっとして身体が慣れて、花粉に打ち勝って、花粉症を克服できるかもしれない。それに今年は去年より「楽」なんだ。どうしてなのか？

布団は天日に干さない。衣類は乾燥器のご厄介になる。お日さんの恩恵で、ふっくらと暖かい布団にくるまって寝るという安らかな、なんとなくうれしい習慣を、いつのまにか忘れてしまった。そんなことをしたら、ボクの無防備な身体は花粉にまみれて、七転八倒するに違いない。お陰でボクはありがたい自然の恵みを放棄したわけだ。さらにボクは、家から出入りするたびに、洗顔や鼻に水を通すことを実行している。その日の終わりには、何が何でも絶対、入浴して我が身に巣くった、憎い花粉を追っ払う。

夜更けてトイレで用を足す。もし窓が空《あ》いたままなら効果はてきめん、横になるや、たちまちクシャミの百連発。日中、窓を閉めきらなかった、わが「不徳」を呪うのである。

今年「軽症」の最大の原因は、不況のせいで、出掛ける機会が少ないということだ。不況がボクの花粉症対策になっている。ひっそりと家にこもって「春眠」をむさぼる。外気に触れないのが、一番に「効く（?）」のである。何のことはない、もっとも原始的なやり方だ。文明もお手上げのようである。

なんと皮肉なことよ。

国の施策のなさが花粉症を蔓延させている。二千万人の患者を総動員して、国家賠償を要求したいもんだ。

平成十四年三月二十一日

日本語は難しい

「日本語教室」のスタッフになったわけだから、いや応なしに勉強を強いられる。生まれてこのかた日本人のボクは、ほとんどなにも気にすることなく長年日本語を使ってきた。しかし外国人に教える立場になると、そうはいかない。一を教えるには、十を知る必要があるというもんだ。教室の年若い先輩に教わったり、たまたま受講の機会ができた、ＥＩＩ日本語教育センターの講座を受けたりして、勉強する羽目になつた。

もともと喋ること、文章を書くこと、そんなことは好きだから、まあボクの趣味の延長線上のことだが、しかし勉強は得手ではない。

日本語の権威、金田一春彦さんを筆頭に、「日本語に関する」書籍が数多く出版されている。それは学問的というよりも、おもしろくとか、「へぇー」とかいうような話題性を盛り上げた内容の本である。

日本語は素晴らしい。表現方法が縦横無尽、実に多岐にわたる。だから古今を通じて、文芸作品が生まれている。優しさの表現、相手をいとおしむ言葉遣い、先方に恥をかかさない思いやりの言葉、言い回しなどなど。日本の文化である「わび」「さび」、奥ゆかしさ、そんなものの根源になっているのが日本語なのか、そんな言葉の中で培われてきた日本人の国民性なのか、そこはボクにはわからない。

レストランで客が「俺はウナギだ」、「僕はキツネだ」とウェーターと話しているのを聞いた生真面目なドイツ人が、変わった名前だと首をひねったという記述が金田一さんの本にある。外国人に誤解を受ける省略や、あいまいな表現の多いのも日本語の特徴である。「結構です」と言う言葉も、イエスなのかノーなのか、外人にはわかり辛い。ボクにも、「結構です」と言う言葉をめぐって、友人のアメリカ人女性に誤解を受けたことがある。それ以降、ボクは、「結構です」を明確に、「サンキュー」と「ノーサンキュー」に分けて使うことにした。

日本語の語彙の多さも天下一品で、二万語を習得してやっと九〇％の日本語が理解できる。比較して、アメリカ映画は、千八百語でその八〇％を理解し得るという。さらに同音異義がゴマンとある。ワープロで「こうぎ」を打ってみると、抗議、講義、広義、高誼、厚誼、好誼。なんと六種類になった。この意味の違いをどれだけの日本人が言い当てられるか。

「あの女性は奇麗な人だ」「あの女性は美しい人だ」。これは前者が正解である。「今日の富士山は美しい」「今日の富士山は奇麗だ」。これも前者が正しい。厳密にはこうなる。しかし誰ひとりとして、そこを考えて喋る人はいない。

謎々問答か、名門校の灘、ラサールの難解な入試問題さながらだ。

「宗男ハウス」を皮切りに、政界の不祥事が続いた。参考人、証人との言葉のやり取りを聞いて、「言語明瞭、意味不明瞭」の箇所がでてくる。「含蓄」のある言葉が続出する。よくも悪くも日本語である。

イエス、ノーのない日本人、顔の見えない日本人。何を考えているのかわからない。いろいろと言われている。
日本人にとって素晴らしい日本語、日本の文化も、外国人には、複雑怪奇。
そんなふうに取られている向きもある。

平成十四年四月十四日

あとがき

折角の「処女出版」だから、出来るだけ多くの方に、読んでいただきたい。切なる願いであります。

お買い上げくださった方、本当に感謝の気持ちで一杯です。

「面白かった！」

そんな読後評があれば、ボクには最高の「褒め言葉」になります。

「より楽しい。より面白い人生」それがボクの生きる指標ですから。好き勝手ではなく、いろんなルールをわきまえての事です。

ただボクの「生きざま」に、人との違いがあるとするなら、平均的日本人の「世間体を気にする」、ここのところが、ボクには、ほんの少し欠落している。そんなことかと思います。

「オートバイに乗りたい！」そんな思いに駆られたら、躊躇なく実行します。転倒もあり得ます。リスクを軽減するのに、反射神経を鋭敏にする。それが、ライダーの条件だと自らを律します。

もともと「読み書き」が好き、本屋さんが好き、その延長線上に自著の出版がありました。

出版に際して、文芸社の鶴巻賢さんとのやりとりは、ボクの好奇心を刺激、さらなる勉強をさせて貰いました。そして彼の愛車が、ユーノスロードスターであると聞いて、彼との距離は、一挙になくなりました。

刊行日が近づくと、頭に浮かぶのは、販売促進。「販促」であります。優秀な文芸社のスタッフに加えて「ボク」。創意を結集(?)しての販促になります。これは興味あるところ。面白いですねぇ。この先、なにかが実る。じつに楽しい。やり甲斐があるというものです。

編集者のYさん。電話の若々しい声色、ときに凜とした口調、ベテランとお見受けしました。

「ボクのイメージは膨らみます。そのうちぜひお会いしたい……」

「いいえ、イメージで……」

と、電話の向こうでYさん。女性は皆んな「ミステリアス」……。

いま胸に秘めた、ボクの「願望」する販売部数。それが達成できたら、晴れて上京する。

そのときはYさん。「あなたと乾杯」。もちろん鶴巻さんとは車の話。「コペン」が予想外の快進撃。驚きです。

そんなわけで「面白い!」とか「共感した!」という読者の「あなた」。

どうぞ友人、知人に「六十からの青春」の口コミをお願い致します。

二〇〇二年九月吉日

松本勝明

著者プロフィール

松本 勝明（まつもと かつあき）

1931年　大阪生まれ。

大阪市立西高等学校卒業後「金子実業株式会社」をスタートに「日商岩井株式会社」を40歳で病気退社するまで会社員をする。

以降「スピード穿孔CO.」創立し、現在に至る。

六十からの青春

2002年11月15日　初版第1刷発行

著　者　松本 勝明

発行者　瓜谷 綱延

発行所　株式会社文芸社

〒160-0022 東京都新宿区新宿1－10－1

電話 03-5369-3060（編集）

03-5369-2299（販売）

振替 00190-8-728265

印刷所　図書印刷株式会社

ISBN4-8355-4722-5 C0095

日本音楽著作権協会(出)許諾第0210906-201号